AF345879

Mentions légales © 2021 Arthur Sibony

Tous droits réservés

Le Code de la propriété intellectuelle et artistique n'autorisant, aux termes des alinéas 2 et 3 de l'article L.122-5, d'une part, que les « copies ou reproductions strictement réservées à l'usage privé du copiste et non destinées à une utilisation collective » et, d'autre part, que les analyses et les courtes citations dans un but d'exemple et d'illustration, « toute représentation ou reproduction intégrale, ou partielle, faite sans le consentement de l'auteur ou de ses ayants droit ou ayants cause, est illicite » (alinéa 1er de l'article L. 122-4). Cette représentation ou reproduction, par quelque procédé que ce soit, constituerait donc une contrefaçon sanctionnée par les articles 425 et suivants du Code pénal.

Arthur Sibony, 5 impasse des mésanges, 78112, Fourqueux, France

ISBN : 978-2-9579391-0-7

Dépôt légal : Septembre 2021

Imprimé à la demande par Amazon

LYSARIAN

L'éveil du phénix

Arthur Sibony

Prologue

La nuit est d'un noir profond. Au sommet d'une colline, deux silhouettes se détachent pourtant. Encapuchonnés, leurs visages ne sont pas reconnaissables. À leurs pieds gît un corps. Une lame d'un noir aussi sombre que le ciel est plantée dans son cœur. Autour de la blessure, une large tache rouge se répand sur des vêtements somptueux. Le cadavre arbore un visage fin, encadré par deux oreilles pointues. Les silhouettes, immobiles, observent silencieusement le défunt.

« Avons-nous vraiment eu raison ? demande finalement une voix rauque d'un ton inquiet.

– Il ne nous a pas laissé le choix, répond une autre, plus calme que la première, presque mélodieuse.

– Quand bien même…

– Il aurait mené notre peuple à sa perte. C'était le seul moyen.

– Tu ne crains pas la réaction des autres ?

– Ils me suivront sans hésiter. Les choses ont toujours été comme ça. Ils suivent la force, et uniquement la force.

– Mais s'il revenait encore…

– Cesse donc de t'inquiéter, cela n'arrivera pas. Pas cette fois. La lame empêchera son esprit de retrouver son corps.

– Tu dois avoir raison. J'espère que tu as raison. Sincèrement. Parce que dans le cas contraire, nous finirions tous deux réduits en cendres dans l'instant.

– Cela fait partie des risques. Et je ne t'ai pas forcé à le trahir. C'était ton choix, ne te débine pas maintenant. Bientôt je serai roi, et nous récupérerons enfin notre dû.

– À ce propos, j'ai eu une conversation avec les deux humains.

– Et alors ?

– Ils ont accepté sans hésiter une seconde. Comme tu l'avais prévu.

– Évidemment. L'ambition est le plus gros défaut des humains. Ils préfèrent se faire la guerre plutôt que de s'unir face à leurs ennemis communs. Cela les mènera inévitablement à leur perte. Mais assez discuté. Quelqu'un va finir par s'apercevoir qu'il a disparu. Ah, et n'oublie pas de te débarrasser du corps. Il serait malvenu que quelqu'un le découvre maintenant », conclut la seconde ombre en tournant les talons d'un pas léger.

À présent seule, la première silhouette reste immobile pendant de longues minutes, fixant le cadavre d'un regard triste.

« Pardonne-moi mon ami, lâche-t-elle finalement d'une voix hésitante. J'aurais aimé que les choses se passent différemment. »

À contrecœur, l'ombre lève une main au-dessus du corps. Des flammes noires en jaillissent aussitôt, dévorant le mort avec avidité. En un instant, il ne reste plus du cadavre que des cendres. Sa tâche accomplie, la deuxième silhouette s'en va à son tour. Seule subsiste sur la sinistre colline une lame noire plantée dans le sol.

Chapitre 1 : Mort

Liam ouvrit péniblement les yeux. Le soleil s'engouffrait par la petite fenêtre de sa chambre. Comme à son habitude, il rechignait à se lever, à abandonner la chaleur de son lit. La faim qui lui tordait le ventre finit cependant par lui faire entendre raison. Le jeune homme se leva donc à contrecœur, en titubant légèrement. Le corps encore engourdi par le sommeil, il dut s'aider du dossier d'une chaise pour reprendre son équilibre. Liam réprima un bâillement, puis sortit de sa chambre pour descendre l'escalier menant à la cuisine. Occupée aux fourneaux, sa mère lui adressa un sourire chaleureux en le voyant débouler dans la pièce.

« Bien dormi ? lui demanda-t-elle gentiment.

– Ça peut aller, grogna Liam après s'être assis sur une petite chaise en bois. Mais je n'aurais pas dit non à quelques heures de sommeil en plus…

– Ça ne m'étonne pas de toi, le taquina sa mère. J'ai préparé des œufs, tu en veux ? »

Un large sourire illumina aussitôt sur le visage de Liam.

« Avec plaisir ! » s'exclama-t-il joyeusement.

Sa mère acquiesça d'un signe de tête, et remplit généreuse-
ment un petit bol d'argile qu'elle posa devant lui. Mort de
faim, Liam se jeta sur le récipient. Avalant son petit déjeuner en un clin d'œil, le jeune homme finalement rassasié,
s'étira, puis demanda :

« Papa n'est pas là ?

– Il est sorti s'occuper des chèvres. Il a dit qu'il y avait
beaucoup à faire et qu'il en avait pour un moment. Pourquoi ? Tu as prévu quelque chose aujourd'hui ?

– Non, pas vraiment. Enfin, je pensais aller chasser, je crois
qu'on n'a presque plus de viande.

– Comme tu le sens. Mais fais attention à toi.

– Ne t'inquiète pas, tu me connais…

– C'est bien ce qui m'inquiète, soupira sa mère. Essaie au
moins de ne pas rentrer trop tard.

– C'est promis », répondit Liam en hochant la tête.

Le jeune homme se leva, s'emmitoufla dans une vieille cape noire, puis sortit hors de la maison. Il traversa la cour de la petite ferme adjacente et prit la direction de la forêt d'un pas vif. La ferme suffisait d'ordinaire à nourrir la petite famille, mais depuis le début de la guerre, une grande partie des récoltes étaient réquisitionnées par l'armée pour subvenir aux besoins des soldats. Liam avait donc entrepris de chasser régulièrement, et s'était découvert par ailleurs un véritable talent en la matière. Il avait ainsi bon espoir de trouver quelques lapins, ou dans le meilleur des cas, un cerf à ramener pour le souper.

***

D'autres étaient néanmoins frappés bien plus durement par le conflit. Voilà deux ans que la guerre avait commencé et le pays sombrait doucement dans la famine. L'attaque des Anridiens avait surpris tout le monde. En effet, une relation cordiale liait les deux pays depuis de nombreuses années. Les armées d'Astiria furent donc complètement prises au dépourvu. D'abord contraints de reculer, les généraux ne cédèrent cependant pas à la panique. Ils organisèrent rapidement une contre-attaque qui stoppa l'ennemi aux alentours des plaines mortes. Cette région, au relief particulièrement plat et dénuée de végétation, convenait parfaitement aux manœuvres militaires mais empêchait aussi toute tentative d'attaque surprise. Aucune armée ne semblait depuis prendre l'avantage. En effet, l'équilibre des forces était quasi parfait et les généraux restaient particulièrement prudents. Au regard de la petite taille des deux pays, il ne faisait aucun doute que celui qui perdrait cette bataille perdrait dans le même coup la guerre. Mis à part quelques escarmouches et attaques de convois sans importance, les armées s'observaient en chiens de faïence, sans qu'aucune n'ose prendre l'initiative. La rapidité avec laquelle les généraux astiriens avaient réagi, malgré leur surprise, s'expliquait principalement par la situation géographique du royaume. Cinq grandes puissances se partageaient quatre-vingt-dix pourcents du territoire de Lysarian, le reste des terres se répartissant entre quelques petites cités-États sans grande importance. Au sud du continent s'étendait le royaume d'Anrid. Habité essentiellement par des humains, c'était autrefois un pays fier et puissant, rayonnant aussi bien culturellement qu'économiquement. Marqué cependant par de nombreuses guerres dévastatrices, le royaume avait perdu la majeure partie de son territoire au profit de l'Empire Ty, et n'était à présent plus que l'ombre de lui-même. À l'est, rayonnait le vaste empire Ty. À l'origine une simple cité dont le peuple cultivait l'art de la guerre, Ty avait progressivement accru sa puissance par de nombreuses conquêtes, jusqu'à occuper presque la moitié de Lysarian. L'ambition de l'empire ne semblait pas avoir de limites, et était donc considéré à juste titre par les autres royaumes comme une menace considérable. La multitude des peuples qui le composaient avait néanmoins conduit immanquablement à une guerre civile qui le divisait depuis maintenant des dizaines d'années. Au nord se trouvait Sungroc, le mystérieux royaume des hommes-bêtes dont on ne savait que peu des choses, mais qui était craint du fait des pillages récurrents exercés sur ses voisins. Ces attaques avaient cependant cessé de manière soudaine depuis quelques mois, après qu'un nouveau roi fut monté sur le trône. Redoutés de tous pour leur férocité et leur force surhumaine, la passivité récente des hommes-bêtes était un véritable soulagement pour les royaumes frontaliers. Enfin, à l'ouest se trouvait le royaume marchand des Triteriens, des êtres humanoïdes mais couverts d'écailles, s'enorgueillissant de détenir la plus grande marine du continent. Triter n'était cependant pas une grande puissance militaire. Les

Triteriens éprouvaient par nature une fascination pour l'argent et préféraient s'enrichir plutôt que de guerroyer. Ces derniers affichaient donc une parfaite neutralité afin de pouvoir commercer avec tous. Au centre de Lysarian, entouré par les quatre autres puissances, se trouvait le royaume d'Astiria. Vulnérable de toutes parts, c'était une cible de choix pour toute puissance cherchant à agrandir son territoire. Le petit royaume devait donc se tenir prêt à réagir rapidement contre toute menace d'invasion, et avait ainsi prévu un nombre important de mesures défensives. Son roi Tyrius 1er était de nature prudente mais s'attendait davantage à une invasion de la part de l'empire Ty, et dit-on, fut particulièrement affligé par la trahison des Anridiens. Les cinq royaumes de Lysarian se faisaient ainsi régulièrement la guerre, si bien que le continent n'avait plus connu la paix depuis des centaines d'années.

****

La ferme de la famille de Liam était située à l'écart des grandes villes d'Astiria, mais la guerre eut bien plus d'effets sur lui que l'on pouvait s'y attendre. Il souffrait bien sûr de la famine qui ravageait le pays, mais ce n'était pas tout. Dès son plus jeune âge, Liam était différent des autres enfants. Intelligent, il impressionna rapidement ses parents par son élocution et sa compréhension du monde. À seulement dix ans, il améliora le moulin de la ferme grâce à un système de rouage qui réduisit drastiquement le temps nécessaire pour moudre le grain. À l'âge de douze ans, il ramena à sa famille un arlac, une espèce de gros sanglier cornu très intelligent mais qui prenait un malin plaisir à saccager les récoltes, qu'il avait attrapé on ne sait trop comment. Ce ne fut cependant que trois années plus tard que Liam révéla son véritable potentiel. Le garçon rêvait depuis tout petit de partir à l'aventure, comme les héros des histoires que lui racontait son père le soir. Sa vie à la ferme ne lui déplaisait pas particulièrement, mais la routine journalière lui paraissait de plus en plus monotone au fur et à mesure que le temps s'écoulait. Le garçon passait des heures entières, le regard perdu dans les nuages, à imaginer les merveilles que contenait le monde. Il ne cessait de réclamer à ses parents l'autorisation de partir pour Eastania, la capitale du royaume où, leur criait-il, il aurait beaucoup plus de perspectives que dans une ferme. Malgré les supplications récurrentes de leur fils, les parents de Liam rechignaient à accepter, lui répétant sans cesse qu'il était trop jeune et que le monde était bien plus complexe et cruel que ce qu'il s'imaginait. Les disputes sur le sujet devenaient de plus en plus houleuses. Un soir, alors que ses parents rentraient des champs, Liam aborda une nouvelle fois la question avec eux. Fatigués par leur dure journée, ses parents n'eurent pas envie d'argumenter une énième fois et refusèrent net sa demande, son père lui demandant expressément de ne plus remettre le sujet sur la table. Liam entra alors dans une colère noire qui stupéfia ses parents. En effet, le garçon était d'ordinaire toujours calme et souriant, et c'était la première fois qu'ils le voyaient se mettre véritablement en colère. Mais s'ils furent surpris, ils restèrent littéralement bouche-bée lorsqu'un éclair sortit de la main du jeune homme, frôla la tête de son père et emporta la porte dans une explosion retentissante. Le visage de Liam devint instantanément livide et le garçon cessa aussitôt de gesticuler. Il fondit en larmes et voulut se précipiter dehors, mais son père reprit ses esprits à temps et l'attrapa à bras- le-corps. Il le serra contre lui et lui dit :

« Liam, ne t'inquiète pas, tout va bien.

– Mais… je…, sanglota-t-il.

– Tu n'as rien fait de mal, le rassura son paternel. Au contraire. Tu possèdes simplement une force très rare. Une force qui fait de toi un être spécial. La magie n'est pas une malédiction, c'est un grand pouvoir qui, si tu restes fidèle à tes principes, te permettra un jour de réaliser tous les rêves que tu pourrais avoir.

– Ton père a raison, c'est un don précieux que tu as. Tu n'as pas à en avoir peur. Beaucoup rêveraient d'être à ta place, renchérit sa mère en soupirant. Même s'il va nous falloir une nouvelle porte.

– Mais j'aurais pu…

– Tu es notre fils, le coupa son père. Mais il semble que tu ne sois effectivement pas fait pour passer ta vie dans cette ferme, ajouta-t-il d'un air renfrogné. Il faut que tu sois formé pour apprendre à maîtriser la magie. Ça te permettra d'éviter que ce genre de choses se reproduise.

– Alors ça veut dire que… ?

– Oui, nous n'avons pas vraiment le choix. Nous avons un peu d'argent de côté, dès que nous aurons terminé les moissons, nous t'enverrons à la capitale pour que tu y intègres une académie de magie. Si tu es doué, tu pourrais même être reçu dans une des plus prestigieuses ! ajouta-t-il d'un ton enjoué.

– Merci papa ! Mais ça ira pour vous ? questionna Liam en séchant ses larmes. Je veux dire… vous allez vous en sortir tout seuls ?

– Bien sûr, ne t'inquiète pas ! On y arrivait bien quand tu n'étais pas encore né ! le rassura sa mère.

– Allez, monte te coucher, il commence à se faire tard, reprit son père d'un ton autoritaire. Nous en reparlerons demain, je t'expliquerai tout ce que tu dois savoir. »

Liam rejoignit aussitôt sa chambre, tout heureux d'avoir enfin atteint son objectif, même s'il ne s'attendait pas à y parvenir de cette manière. Il faut dire qu'être un mage était un argument de poids. Moins d'une personne sur cent était capable d'utiliser la magie, aussi les mages étaient-ils très respectés dans tous les royaumes de Lysarian. Les plus talentueux arrivaient sans mal à entrer au service d'un noble, ou même d'un roi. C'était l'assurance d'une vie plus aisée, même si leurs pouvoirs attisaient bien évidemment les convoitises des puissants. Les parents de Liam étaient donc partagés. Particulièrement heureux pour leur fils d'une part, mais tristes de le voir partir d'autre part. Il était en effet très difficile pour un mage d'apprendre à contrôler sa magie sans aide extérieure, à l'image de l'éclair qui avait frôlé le père de Liam. Ses parents comprenaient ainsi parfaitement la nécessité qu'il apprenne à la maîtriser.

***

Les choses ne purent pourtant pas se passer comme prévu, car à peine une semaine plus tard, la guerre avec An-rid éclata. De nombreux mages du royaume furent réquisitionnés, et les parents de Liam décidèrent donc de cacher le pouvoir de leur fils pour le protéger le temps que la guerre se termine. Malheureusement, le conflit s'éternisa et Liam s'impatienta rapidement. Il résolut donc de s'entraîner seul à maîtriser son pouvoir, et n'en dit bien évidemment pas un mot à ses parents. Il partait tous les matins seul dans la forêt, jusqu'à une petite clairière qu'il avait repérée en chassant. C'était un endroit magnifique où le temps semblait s'être arrêté. Le sol était couvert de petites fleurs d'une multitude de couleurs, et les grands arbres majestueux qui entouraient la clairière projetaient une ombre particulièrement agréable, notamment pendant les chaudes journées d'été.

Dans un coin de la clairière, une petite cascade se déversait dans une mare, où une foule de poissons multicolores nageaient dans toutes les directions. À l'opposé, on retrouvait un immense rocher aux formes si géométriques qu'il donnait l'impression d'avoir été sculpté. C'était sans conteste son endroit préféré, et ce fut donc assez logiquement celui qu'il choisit pour s'entraîner. Liam était un mage de foudre, de notoriété publique la deuxième plus puissante des cinq magies élémentaires, juste après celle du feu. En se concentrant, il parvint relativement rapidement à faire de nouveau jaillir la magie de ses mains. Mais si faire apparaître un élément était une chose, le contrôler en était une autre. Liam ressentait la magie parcourir ses veines. Étrangement, il avait l'impression qu'elle faisait partie de lui, mais aussi qu'elle lui résistait. Sauvage et indomptée, elle refusait de se soumettre sagement à sa volonté. Il en perdait la maîtrise dès l'instant où elle quittait son corps. Plusieurs arbres en firent ainsi les frais en connaissant une fin prématurée. Mais la détermination de Liam ne flancha pas. Il s'acharna encore et encore et ses efforts finirent par porter leurs fruits. Au bout de six mois, il contrôlait parfaitement sa magie. Satisfait, il se mit à utiliser son pouvoir pour la chasse. Malgré quelques essais infructueux, il parvint finalement à toucher des animaux en mouvement. Il ramena ainsi chez lui une quantité bien plus importante de viande, ce qui fit le bonheur de ses parents et permit à toute la famille de manger à sa faim. Si ces derniers eurent des doutes sur l'accroissement soudain des capacités de chasseur de Liam, ils ne lui en firent en tout cas jamais part. Son pouvoir grandissait ainsi de jour en jour et bien que Liam rêvât encore de temps à autre de la capitale, il était trop occupé pour y réfléchir réellement.

***

Ce matin-là, le jeune mage n'avait donc évidemment pas prévu d'aller chasser de manière conventionnelle. Liam se mit ainsi à la recherche de gibier dès qu'il se fut suffisamment éloigné de la ferme. Âgé de maintenant dix-sept ans, son corps s'était métamorphosé. Il avait grandi et sa cape laissait transparaître la carrure d'un homme. Il remit en place d'un geste fluide les cheveux noirs rebelles qui tombaient devant ses grands yeux bruns, et accompagné de son éternel sourire espiègle, s'enfonça dans la forêt jusqu'à une petite rivière. Il savait ce point d'eau très apprécié par les animaux, et repéra rapidement des traces fraîches et profondes appartenant probablement à un grand cerf. Ces animaux étant plutôt rares dans la région, Liam sentit un frémissement d'excitation parcourir son corps. Il sourit d'un air satisfait et se mit à suivre les traces. Après plusieurs heures de traque, il aperçut enfin un énorme cerf occupé à brouter quelques fougères rouges, une plante très commune dans la région. Liam resta un moment en admiration devant la beauté de l'animal. Ses bois imposants se dressaient fièrement sur sa tête, pointés droit vers le ciel. L'animal majestueux respirait lentement, faisant ressortir des muscles saillants sous son pelage qui rougeoyait à la lumière du soleil. Le cerf avait sans conteste une prestance qui laissa Liam sans voix. Il finit cependant par sortir de sa torpeur admirative et s'accroupit lentement dans les fourrés. Liam s'assura d'avoir le vent de face et se rapprocha doucement de sa proie, en essayant de se faire le plus discret possible. Il ralentit sa respiration au maximum. Le vent frais du matin fouettait son visage. Il se déplaçait avec agilité à travers les buissons et enfin, arriva à portée du cerf qui ne l'avait toujours pas remarqué. Liam leva doucement sa main pour abattre l'animal quand soudain, celui-ci leva le museau et regarda fixement le ciel juste derrière lui. Le garçon se figea instantanément, espérant que l'animal retourne à son repos.

Mais le cerf semblait paniqué. Il renifla plusieurs fois, puis, sans crier gare, s'enfuit d'un bond dans les fourrés. Liam soupira de déception. Il ne lui semblait pourtant pas avoir commis d'erreur. Il se releva, quand l'odeur qui avait fait paniquer le cerf arriva enfin à ses narines. Une odeur de feu. Intrigué, Liam se retourna et blêmit instantanément. Il venait d'apercevoir une épaisse fumée noire au-dessus des arbres. Une fumée qui semblait provenir de la ferme de ses parents. Paniqué, Liam se mit à courir. Il fallait qu'il arrive à temps. La seule chose à laquelle il pensait était de courir. Courir plus vite. Toujours plus vite. Peut-être serait-il rentré plus rapidement s'il avait chassé un animal plus commun, mais le cerf s'était enfoncé profondément dans la forêt et il mit donc bien plus de temps à atteindre la source des flammes. Et lorsqu'il y arriva, le spectacle qui s'offrit à sa vue lui serra le cœur. La ferme était en feu. Un brasier sortit tout droit des enfers, surplombant un véritable carnage. Les champs avaient été piétinés et tous les animaux gisaient dans leur enclos, égorgés. Mais ce qui frappa le plus Liam fut l'odeur. Une odeur de sang et de mort qui se mêlait à celle des flammes. Le genre d'odeurs qui vous saisissent la gorge et qui vous font suffoquer. Planté sur une botte de foin, le serpent rouge d'Anrid flottait fièrement au-dessus du charnier. C'était la première fois que les Anridiens s'enfonçaient aussi loin derrière la ligne de front, en conséquence de quoi la petite famille ne s'était-elle jamais méfiée. Mais l'identité des attaquants n'intéressait pas Liam. Il ne voyait nulle part ses parents. Il se mit à crier leur nom, sans qu'aucune réponse ne parvienne à ses oreilles. Le jeune homme sentit la panique le gagner. Sans se soucier de la présence éventuelle d'ennemis, il se précipita au milieu des décombres. Soudain il se figea et devint livide.

***

À l'orée de la forêt, ses parents gisaient dans une mare de sang. Face contre terre, de profondes blessures étaient visibles dans leur dos, témoignant de la fuite désespérée qui avait dû les animer. Liam poussa un cri douloureux et courut auprès d'eux. Mais leurs corps étaient déjà froids, vides de toute vie. Le jeune homme eu le sentiment de perdre pied. Une foule de questions se bousculaient dans sa tête. Pourquoi les Anridiens s'en étaient-ils pris à eux ? Pourquoi avait-il fallu qu'ils attaquent au moment précis où il était absent ? Aurait-il pu faire quelque chose s'il était resté ? Liam étouffait. Il avait besoin de respirer. Le monde s'effondrait autour de lui. Paniqué, il se releva et recula en titubant vers la forêt. Il s'écroula. Tout devint noir. Il ne ressentait plus ni son corps, ni ce qu'il se passait autour de lui. Rien que l'obscurité. Il commençait à perdre toute notion du temps lorsqu'il aperçut une lueur. D'abord petite, comme à deux doigts de s'éteindre, puis de plus en plus vive. Le dos de sa main droite commença à le picoter, puis à le brûler de façon insistante. Son corps tout entier s'embrasa, mais étonnamment, il ne ressentit aucune douleur, seulement une douce chaleur réconfortante. Il eut l'impression que la lueur prenait forme, mais ne parvenait plus à l'admirer tant la lumière qu'elle émettait était devenue éblouissante. Soudain, elle disparut. L'odeur du feu vint à nouveau chatouiller ses narines. Liam revint à lui et ouvrit les yeux. Petit à petit, il parvint à se calmer et à reprendre son souffle. Il réfléchit un instant puis se releva. Il se rapprocha doucement de ses parents, le souffle régulier et une étrange expression sur le visage. Liam avait perdu tout ce qu'il possédait. Certains auraient perdu la raison. D'autres auraient pu sombrer dans le désespoir. Mais Liam resta étonnamment calme. Il ne ressentait plus ni haine ni tristesse. Toutes les émotions qui l'avaient brutalement assailli semblaient s'être envolées. Il inhuma néanmoins ses parents, et veilla sur leur tombe toute la nuit. À l'aube, il se saisit des maigres possessions qui avaient survécu au brasier et se mit en route pour Eastania. Plus rien ne le retenait ici, au contraire, il craignait de réveiller des sentiments qu'il ne voulait pas voir ressurgir. Pourtant, quand il commença à marcher d'un pas vif vers la capitale, Liam avait changé. Le sourire joyeux qui ne quittait jamais son visage avait disparu.

Chapitre 2 : Rencontre

Liam se leva avec difficulté, le corps encore endolori par la nuit qu'il venait de passer. Le jeune homme avait pris la route de la capitale depuis deux jours mais, n'ayant pas un sou en poche, n'avait rien avalé mis à part les quelques baies qu'il avait eu la chance de trouver sur son chemin. Liam avait bien essayé de proposer ses services à l'auberge de l'unique village qu'il avait traversé en échange du gîte et du couvert, mais l'aubergiste l'avait regardé de la tête aux pieds avant de lui intimer « de foutre le camp avant qu'il ne s'en occupe lui-même ». Il faut dire que Liam n'avait pas belle allure. Les vêtements abîmés et rapiécés à de nombreux endroits, il arborait un visage couvert de suie, des cheveux sales et hirsutes, et des cernes creusés encadraient ses yeux en lui donnant un air plutôt effrayant. L'aspect peu recommandable du jeune homme rendait donc la réaction de l'homme pour le moins compréhensible. Liam ne connaissait de plus que peu de choses du monde en dehors de la ferme, et l'état de confusion dans lequel il se trouvait n'avait bien évidemment rien arrangé. Il n'avait donc absolument pas cherché à améliorer son aspect et se retrouvait donc affamé, et le corps meurtri à force de dormir à la belle étoile. Liam était épuisé. Les images du carnage de la ferme n'avaient cessé de le hanter, revenant sans cesse troubler son sommeil et ses pensées. Ce fut dans un état déplorable que le jeune homme reprit donc sa route. Il suivait depuis plusieurs heures un petit chemin forestier qui serpentait à travers les arbres. Un groupe de voyageurs qu'il avait croisé le lui avait aimablement désigné comme étant l'itinéraire le plus rapide pour rejoindre la capitale, et Liam fut heureux d'avoir suivi leur conseil. En effet, le sentier était aussi très agréable. Les arbres imposants au feuillage touffu prodiguaient une ombre rafraîchissante tandis qu'une douce odeur de menthe fraîche flottait dans l'air. Les chants quasi ininterrompus de la multitude d'oiseaux ayant fait leur nid dans les arbres rendaient l'ambiance particulièrement apaisante. Pour la première fois depuis deux jours, Liam pensa pendant un instant à autre chose qu'aux sombres souvenirs qui traversaient sans cesse son esprit. Il fut néanmoins tiré de ses pensées par le bruit caractéristique de l'eau qui heurte les rochers. Curieux, il s'en rapprocha, et traversant les broussailles, finit par tomber sur une petite

rivière qui se déversait dans un étang. L'eau d'un bleu profond laissait transparaître un sol rocheux et quelques
plantes sous-marines dansant au rythme du courant. Liam
ne résista pas à l'envie de s'y baigner. Il se débarrassa rapidement de ses vêtements et plongea d'un mouvement fluide
dans l'eau cristalline. Il y resta longuement, profitant de ce
moment de quiétude pour se laver et se débarrasser de
l'odeur fétide qui lui collait à la peau. Un peu à contrecœur,
il finit par en sortir et se sécha du mieux qu'il put. Il était
en train de se rhabiller lorsqu'un bruit sourd le fit sursauter.
Intrigué, Liam tendit l'oreille et perçut des cris paniqués en
provenance de la route, entrecoupés par le son de lames qui
s'entrechoquent. Il s'empressa d'enfiler sa cape et se rapprocha à pas feutrés de la source du vacarme. Liam découvrit alors une scène à laquelle il ne s'était pas préparé. Une
dizaine d'hommes-rats à l'allure sauvage avaient entrepris
d'attaquer une petite charrette, probablement marchande,
que les propriétaires essayaient désespérément de défendre.
Les deux chevaux attelés au véhicule, complètement paniqués, ruaient frénétiquement en poussant des hennisse-
ments stridents. Un vieil homme à forte stature armé d'une
petite épée tentait manifestement de protéger une enfant terrifiée, serrée contre le flanc de la carriole. Une autre fille

d'une quinzaine d'années empêchait les agresseurs de monter sur la charrette en s'aidant d'un long bâton qu'elle agitait fébrilement devant elle. Leurs attaquants étaient équipés uniquement d'armes rudimentaires sans doute fabriquées à la hâte, mais leur nombre important plaçait néanmoins les marchands dans une situation périlleuse.

✳✳✳

Liam n'avait jamais vu d'hommes-rats auparavant, mais en avait bien sûr déjà entendu parler. C'était une race de petits êtres sournois dont l'intelligence n'était pas la première qualité, et qui étaient connus pour être particulièrement lâches. Habitant sous terre au sein de galeries qu'ils creusaient eux-mêmes à l'aide de leurs longues griffes, les hommes-rats se reproduisaient à une vitesse impressionnante. Cela causa inévitablement une augmentation rapide de leur population dans la région, rendant ainsi les routes de moins en moins sûres au fur et à mesure que le temps passait. Les choses n'avaient pourtant pas toujours été ainsi. En effet, les hommes-rats possédaient autrefois leur propre royaume, le plus peuplé de Lysarian. Situé à l'est du continent, celui-ci avait été une des premières victimes de la soif de conquête de l'empire Ty. Les Tyens, considérant les hommes-rats comme des êtres abjects dont l'existence était une erreur, réduisirent leur royaume en cendres et exterminèrent la majorité des natifs avant que ce nouveau territoire ne soit intégré à l'empire. Les survivants avaient presque tous fui leur terre natale et s'étaient éparpillés aux quatre coins de Lysarian. D'abord négligés, leur nombre croissant et les attaques engendrées avaient fini par forcer un grand nombre de voyageurs à engager une escorte avant de traverser les régions où ces êtres pullulaient.

Les défenseurs de la charrette n'avaient apparemment pas pris cette précaution et se retrouvaient donc en mauvaise posture. Le vieil homme était à présent complètement encerclé, et quelques hommes-rats plus téméraires que les autres commençaient à grimper dans la charrette, acculant la jeune femme qui y avait trouvé refuge. Après une analyse rapide de la situation, Liam se décida finalement à intervenir. Profitant de l'effet de surprise, il sortit des fourrés dans lesquels il s'était caché, et fit jaillir un éclair qui terrassa la créature la plus proche, avant de ricocher sur son voisin, lequel fut projeté violemment contre un arbre dans un craquement sinistre. Les autres hommes-rats se retournèrent instantanément vers le nouveau venu. L'un d'eux particulièrement imposant se jeta sur lui, la bave aux lèvres et les yeux injectés de sang, en poussant un cri incompréhensible. Roulant au sol, Liam l'évita de justesse et se releva à côté du vieil homme qui le fixait avec un air ébahi. Sans s'y attarder, le jeune homme replongea immédiatement dans la mêlée. Une lance fondit aussitôt vers lui, frôlant son bras et causant au passage une plaie superficielle. Un grognement douloureux lui échappa, mais cela ne l'empêcha pas de riposter malgré tout avec adresse en vaporisant littéralement l'agresseur d'un puissant éclair. Ses ennemis commençaient à s'agacer, et trois d'entre eux sautèrent de la charrette pour lui faire face. Gardant son sang-froid, Liam frappa alors le sol de la paume de sa main, libérant une onde de choc qui projeta ses assaillants en l'air et les laissa inconscients. Les hommes-rats survivants, fidèles à leur réputation et sentant le vent tourner, marquèrent d'abord une hésitation, puis voyant la foudre se concentrer autour des mains de Liam, décampèrent dans les fourrés qui bordaient la route en poussant des glapissements effrayés. Liam lâcha un soupir soulagé et tapota d'un geste négligent ses vêtements couverts de poussière. S'approchant, le vieil homme lui adressa la parole d'un air reconnaissant :

« Je dois te remercier jeune homme, je crois bien que si tu n'étais pas intervenu, nous y aurions laissé la vie cette fois. Ces créatures deviennent décidément de plus en plus agressives. J'avais bien embauché une escorte, mais ces lâches m'ont abandonné dès qu'ils en ont eu l'occasion. Je commençais à désespérer, mais il faut dire que je ne m'attendais pas à voir un mage sortir de nulle part. Tu leur as mis une sacrée dérouillée en tout cas ! conclut-il en riant bruyamment.

– Ce n'est rien, répondit Liam un peu gêné, je passais simplement par là. Je suis heureux que vous n'ayez rien.

– Ne sois pas si modeste, la plupart se seraient contentés de poursuivre leur route plutôt que de prendre des risques pour sauver des inconnus. Au fait, je m'appelle Kebras, je me rends à Peadel avec mes filles pour y récupérer des marchandises que je dois livrer à Eastania avant la fin de la semaine, se présenta-t-il. La petite derrière moi s'appelle Laeli, et son aînée Earah.

– Enchanté, moi c'est Liam. Je suis aussi en route pour Eastania, répondit simplement le jeune homme.

– Et qu'est-ce que tu vas faire à la capitale Liam ? lui demanda Kebras.

– Je pensais essayer d'y intégrer une académie de magie, mais j'avoue que je ne sais pas trop comment m'y prendre.

– Et tu pars comme ça sur la route, sans rien savoir ? s'enquit le vieil homme. Tes parents ne t'ont-ils donc rien appris ?

– Ils n'en ont pas eu le temps. Ils sont morts.

– Oh. Je suis vraiment désolé.

– Vous ne pouviez pas savoir, répondit Liam d'un air triste.

– Hum mon garçon, je pourrais te proposer un marché, reprit Kebras d'un air un peu coupable. Tu m'as l'air d'être quelqu'un tout à fait digne de confiance et j'ai quant à moi besoin de remplacer mon escorte. Que dirais-tu de nous accompagner jusqu'à Eastania ? Contre une rémunération raisonnable bien entendu.

– Euh, je ne sais pas trop… hésita Liam, surpris.

– Ne t'inquiète pas, je ne suis pas aussi méchant que j'en ai l'air, et mes filles sont plutôt sympathiques une fois qu'on les connaît. Mais ne t'avise pas d'y toucher, ajouta-t-il à mi-voix, un sourire au coin des lèvres.

– Bon et bien, si vous insistez, c'est d'accord, céda Liam. Je vous accompagnerai jusqu'à Eastania.

– Parfait, je dois dire qu'avoir un mage à nos côtés me rassure pas mal. J'emmène rarement mes filles avec moi quand je voyage, et je n'ai pas envie qu'il leur arrive malheur. Et même si je n'y connais pas grand-chose, tu as dû avoir un maître exceptionnel pour atteindre un tel niveau à ton âge.

– Je n'ai pas… voulut corriger Liam.

– Papa, ça ne va pas ? l'interrompit Earah avec fougue. Tu ne peux pas demander à un inconnu de voyager avec nous ! On ne sait pas s'il est malintentionné et il a l'air… Enfin voilà quoi ! Je ne veux pas de lui comme compagnon de voyage ! insista-t-elle avec un regard agressif.

– Tais-toi un peu ! la corrigea Kebras. Liam semble être un brave garçon et je te rappelle qu'il vient de te sauver la vie, tu pourrais faire preuve d'un minimum de reconnaissance ! Je ne me souviens pas de t'avoir éduquée comme ça ! »

Boudeuse, Earah n'argumenta pas davantage, répondant simplement d'une moue dédaigneuse, avant d'aller s'assoir dans la charrette, tournant résolument le dos à son père.

« Je suis désolé, ce n'est pas contre toi, elle est toujours comme ça, mais au fond, ce n'est pas une mauvaise fille. Elle a juste du mal à faire confiance aux inconnus.

– Pas de problème, et puis elle n'a pas totalement tort, répondit Liam, compréhensif. Il vaut mieux être prudent après tout.

– Heureux que tu le prennes comme ça ! Et bienvenue parmi nous Liam ! s'exclama Kebras en lui tapotant l'épaule. »

Liam le remercia de son attention et monta dans la charrette au côté du vieil homme, tandis que les deux filles s'asseyaient à l'arrière en discutant à voix basse. La carriole reprit donc sa route, pendant que Kebras, de bonne compagnie, abreuvait Liam de la multitude d'histoires qu'il avait vécues depuis qu'il était marchand.

***

C'était un homme bien bâti, qui arborait de longs cheveux poivre et sel, des yeux bleus, ainsi qu'une barbe fournie. Fils de pêcheur, il avait d'abord transporté les poissons pêchés par sa famille, avant de prendre goût au voyage et d'en faire sa vocation. Il avait rencontré celle qui serait sa femme au cours d'un voyage dans l'ouest du pays et en était immédiatement tombé éperdument amoureux. Il l'épousa et celle-ci lui donna sa première fille Earah, puis cinq ans plus tard sa cadette, Laeli. Elle était malheureusement morte d'une mauvaise grippe l'hiver dernier, et Liam pouvait entrevoir la blessure encore fraîche dans son cœur au voile de tristesse traversant les yeux du vieil homme à chaque fois qu'il parlait d'elle. Kebras était cependant toujours d'humeur joviale, un avantage non négligeable dans son métier. Il était donc particulièrement agréable de converser avec lui et Liam fut heureux d'avoir quelqu'un avec qui parler. Au contraire, ses filles restaient plutôt distantes. Laeli était une petite blonde aux traits fins, qui avait hérité des yeux bleus que son père. Liam l'avait plusieurs fois surprise à l'observer, mais elle détournait à chaque fois le regard en rougissant, et Liam en déduisit qu'elle devait être particulièrement timide. Earah était quant à elle la copie conforme de sa sœur, à l'exception peut-être d'un menton un peu plus prononcé lui donnant parfois un air hautain. Elle ne semblait toujours pas s'accoutumer à sa présence, et se bornait à l'ignorer en ne lui accordant pas un regard. Liam avait bien essayé de détendre l'atmosphère et d'engager la conversation avec elle, mais il s'était heurté systématiquement à un lourd silence. N'étant pas lui-même d'humeur à s'acharner, il avait fini par abandonner pour se contenter des longues conversations qu'il entretenait avec Kebras. Il appréciait beaucoup le vieil homme qui était toujours de bonne humeur et heureux de partager son vécu. Ces discussions faisaient beaucoup de bien à Liam, et elles lui permirent de se changer un peu les idées, loin des souvenirs macabres qui le hantaient.

✳✳✳

Le petit groupe finit par sortir de la forêt, rejoignant une large route pavée, bien plus fréquentée. Une foule de marchands, de voyageurs et autres vagabonds y circulaient de manière désordonnée. D'un côté, un homme se plaignait que la charrette de son voisin n'avançait pas assez vite, d'un autre, deux femmes étaient à deux doigts d'en venir aux mains pour une raison dérisoire, le tout formant un joli tumulte. Cette route semblait néanmoins bien plus sûre que la précédente, comme en témoignaient les patrouilles de gardes que le petit groupe croisa à plusieurs reprises. La carriole finit par passer une petite colline, qui libéra à la vue de Liam la raison de cette affluence. Celui-ci n'avait traversé jusqu'ici que quelques villages et resta donc estomaqué devant l'imposante ville qui s'étendait devant lui. Une foule ininterrompue était avalée et recrachée par d'étroites rues, bordées par des bâtiments dont aucun ne ressemblait à son voisin. Certains étaient larges, d'autres se dressaient sur plusieurs étages ou encore étaient à peine plus grands qu'une cabane. Le plus frappant était cependant le bruit. Celui des milliers d'âmes qui vaquaient à leurs occupations, des hommes qui travaillaient, des enfants qui jouaient et des chevaux qui hennissaient. Surprenant le regard de Liam, Kebras répondit à ses interrogations :

« C'est Peadel, la cité qu'on appelle aussi la capitale des marchands. La ville est au centre du pays, ce qui en fait un carrefour important pour le commerce. On y entrepose un grand nombre de marchandises avant qu'elles ne soient redistribuées aux quatre coins du royaume. Plus de la moitié de la cité y est d'ailleurs consacrée, et le reste est composé d'auberges et de bordels ! expliqua l'homme en riant bruyamment.

– C'est immense ! s'émerveilla Liam.

– Pas tant que ça, le calma Kebras en souriant. Eastania est beaucoup plus impressionnante, et surtout beaucoup plus belle que ce repaire de brigands. Même si elle a quelques côtés un peu sombres, ce n'est pas pour rien qu'on l'appelle *le joyau de la couronne* ! De toute façon, nous ne resterons pas longtemps ici, j'aimerais rejoindre la capitale avant la fin de la semaine. »

Liam acquiesça, mais resta en contemplation devant ce spectacle pendant que la charrette entrait dans la ville, son excitation pas le moins du monde atténuée par les paroles du marchand. Les filles de celui-ci, habituées à ce décor, n'y accordaient quant à elles pas la moindre attention. Le chariot s'enfonça ainsi au cœur de la ville et arriva dans une petite ruelle où l'affluence était bien moindre. Kebras arrêta les chevaux devant une petite auberge à l'air confortable nommée *Le repaire de l'Arlac*. Le petit groupe descendit de la charrette et se rapprochait du bâtiment lorsque Liam, sentant sa bourse toujours vide, interpella le vieil homme :

« Euh Kebras ? Pourriez-vous me donner une avance sur mon salaire ? Je veux dire… je n'ai pas d'argent sur moi, et si je veux me payer une chambre…

– Pas de ça avec moi mon garçon, l'interrompit le vieil homme. Tu nous as sauvé la vie, nous pouvons bien t'offrir le gîte et le couvert ! Cesse donc tes manières et dépêche-toi, il commence à faire froid ! » le reprit-il en entrant dans l'auberge.

Liam, reconnaissant, inclina la tête et s'empressa de le suivre à l'intérieur. Une chaleur bienvenue vint l'accueillir dès qu'il pénétra dans la salle. Une douce lumière éclairait quelques tables disséminées ici et là, devant un large escalier en bois qui permettait d'accéder à l'étage et probablement aux chambres. Un homme particulièrement imposant était assis derrière le comptoir, occupé à remplir les verres des quelques clients présents dans la salle. Il leva les yeux et apercevant les nouveaux entrants, se figea instantanément. Il fixa Kebras pendant un instant puis poussa un cri, et brusquement, se jeta sur le marchand. Liam se raidit, mais les deux hommes se gratifièrent simplement d'une accolade virile, tandis que l'aubergiste riait aux éclats :

« Eh bien, ça fait longtemps qu'on ne t'avait pas vu dans le coin Kebras ! Ça fait plaisir de te revoir, je commençais à croire que tu m'évitais !

– C'était peut-être le cas vieille charogne, lui répondit l'homme en souriant.

– Plus sérieusement, qu'est-ce qui t'amène par ici ? Et qui est le p'tit gars derrière toi ? s'enquit-il en regardant Liam. Tu as enfin fini par marier tes filles ?

– Je suis là pour le travail, j'ai des marchandises à récupérer et à transporter jusqu'à Eastania. Et arrête de dire n'importe quoi ! Le garçon derrière moi s'appelle Liam, c'est un mage qui nous a sauvés d'une attaque d'hommes-rats. Liam, je te présente Jo, c'est un ivrogne, mais il tient sans aucun doute la meilleure auberge de la ville !

– Ha ha tu me flattes ! Eh bien c'est un honneur de rencontrer celui qui a sauvé les fesses de cette imbécile de Kebras, poursuivit-il en s'adressant à Liam.

– Et c'est un honneur de rencontrer l'ivrogne qui tient une si belle auberge », rétorqua Liam avec humour.

Jo partit d'un rire tonitruant, et se retournant vers Kebras lui demanda :

« Tu comptes rester longtemps ?

– Non, seulement une nuit. Nous partirons demain matin, je ne voudrais pas m'éterniser ici. Tu aurais deux chambres à nous louer ?

– Oui bien sûr, pas de problème, mais c'est dommage, tu devrais rester un peu plus longtemps, ça fait un p'tit bout de temps que tu n'étais pas passé, soupira-t-il l'air un peu déçu.

– J'aimerais bien, mais il faut qu'on se dépêche d'arriver à Eastania, j'ai un client qui attend sa commande.

– Bon eh bien tant pis alors. Vous voulez manger quelque chose ? Vous devez avoir faim non ?

– Hum, si ta tourte à l'arlac est toujours aussi bonne, ce sera avec plaisir, répondit Kebras avec gourmandise.

– La guerre rend l'approvisionnement plus compliqué, mais je me débrouille toujours ! Allez vous asseoir, je vous apporte ça de suite », déclara Jo en désignant une table vide.

La tourte était effectivement aussi succulente que l'avait vanté Kebras. L'arlac, particulièrement tendre, baignait dans une sauce épicée qui relevait le goût du plat à la perfection. Liam n'avait pas mangé depuis plusieurs jours et se jeta aussitôt dessus, avalant le contenu de l'assiette en moins de temps qu'il n'en faut pour le dire, sous le regard amusé de Kebras. Une fois le repas terminé le groupe se rendit à l'étage pour rejoindre les chambres. Il fut décidé logiquement que Laeli et Earah occuperaient la première et que Kebras partagerait la sienne avec Liam.

« Tu peux aller te coucher, je vais discuter un peu avec Jo avant de dormir. Mais je te préviens, je veux le lit près de la fenêtre », ajouta Kebras avec un sourire au coin des lèvres.

Liam acquiesça, rentra dans la chambre, et plongea aussitôt dans son lit. Exténué et le ventre bien rempli, il ferma les yeux et trouva rapidement le sommeil.

Chapitre 3 : Complots

Akan pénétra discrètement dans le palais. Rasant les murs, il se fondait parmi la foule de courtisans, aussi invisible qu'une ombre. L'homme traversa de nombreux couloirs, puis finit par s'arrêter devant une porte à l'aspect banal. Jetant un bref coup d'œil autour de lui, il l'ouvrit et déboucha sur une petite chambre de serviteur comme il y en avait partout dans le palais. Akan referma la porte derrière lui. Il se rapprocha aussitôt d'un grand miroir recouvrant une large partie du mur droit de la pièce. Dans le reflet se dessinait la silhouette d'un homme à la stature robuste. De longs cheveux noirs tombaient sur ses épaules, encadrant un visage rugueux au milieu duquel brillaient des yeux d'un vert émeraude. De taille moyenne, il était vêtu d'une ample cape grise recouvrant une petite besace. Sans s'attarder sur son reflet, Akan marmonna quelques mots si bas qu'il était probablement le seul à pouvoir les entendre. Tout à coup, le miroir s'ouvrit avec un bruit sourd, dévoilant l'étroit escalier dissimulé derrière. Il s'y engagea sans l'ombre d'une hésitation, tandis que le miroir se refermait derrière lui. Akan progressa rapidement et descendit l'escalier jusqu'à parvenir dans une petite salle faiblement éclairée. Adossé contre un mur, un homme semblait l'y attendre. Vêtu d'une longue tunique bleue, celui-ci bougea à peine en entendant Akan arriver, se contentant de poser sur lui des yeux d'un gris profond.

« On ne t'a pas suivi ? demanda-t-il d'une voix calme.

– Non, je m'en suis assuré.

– Parfait. Viens, il t'attend. »

Akan sentit malgré lui un frisson lui parcourir le corps. Bien que le comportement de l'homme ne soit pas menaçant, il dégageait en permanence une sorte de dangerosité latente qui lui faisait froid dans le dos. Le singulier personnage se rapprocha d'un mur tout à fait semblable aux autres, puis tendit la main devant lui. Une vive lumière en jaillit, et la pierre se fissura dans un craquement étouffé. Une embrasure rudimentaire se forma et l'individu en tunique bleue s'y engouffra presque précipitamment, rapidement imité par Akan. Les deux hommes débouchèrent sur une salle de taille bien plus importante, et posèrent aussitôt un genou à terre. Devant eux, assis sur un siège d'aspect plutôt modeste, se tenait Tyrius 1er, roi d'Astiria. D'un signe de la main, il les invita à se relever, et sans s'embarrasser de plus de cérémonie, prit la parole :

« Merci Eadgar, commença le souverain en s'adressant à l'homme en bleu. Bien. Ne perdons pas plus de temps que nécessaire. Akan, tu disais avoir un rapport à faire, tu as découvert quelque chose ?

– Oui, Votre Majesté. Depuis quelque mois, je me suis fortement rapproché du duc. Il me fait de plus en plus confiance et montre en apparence un comportement tout à fait normal. Néanmoins, plus le temps passe, plus j'ai le sentiment qu'il manigance quelque chose.

– Qu'est-ce qui te fait penser ça ?

– J'ai découvert qu'il reçoit régulièrement des visites dans le plus grand secret. Je n'ai pas encore réussi à découvrir l'identité des personnes qu'il rencontre, mais il prend tant de précautions que je peux affirmer avec certitude qu'il tient à ce que personne ne soit au courant. Et ce n'est pas tout. Depuis peu, il s'est mis à recruter un grand nombre de combattants. Beaucoup de soldats et de mercenaires, mais également de plus en plus de mages. Je crains qu'il ne se prépare à agir plus tôt que nous le pensions.

– Comment fait-il pour trouver un nombre aussi important de mages à recruter ? intervint Eadgar d'un ton inquisiteur. Ceux qui sont compétents servent presque tous déjà un noble, et je doute que les autres aient beaucoup d'intérêt à ses yeux.

– D'après ce que j'ai compris, il les recrute directement à la source. Ses hommes font le tour des académies de magie, et promettent gloire et richesse à tous les étudiants qui accepteront de rejoindre ses rangs. Évidemment, ils sont de plus en plus nombreux à accepter son offre. Le duc Corvis est un noble puissant, la majorité d'entre eux pensent que c'est un honneur de le servir. C'est une proposition qu'il est difficile de refuser.

– Tu as des preuves de ce que tu avances ? demanda le roi d'un air soucieux.

– Pas encore malheureusement. Cela fait trente longues années que je travaille pour vous, et jamais je n'ai vu un homme aussi prudent que le duc. Et tous ses hommes le craignent ou le vénèrent, aucun ne le trahira.

– Nous ne pouvons donc pas agir contre lui… marmonna Tyrius avec une expression contrariée. Pas pour le moment en tout cas. Nous devons néanmoins nous tenir prêts à toute éventualité. Si tu ne parviens pas à trouver une preuve de ses manigances, essaye au moins de découvrir la nature exacte de ses plans. Si nous savions ce qu'il complote, nous aurions un coup d'avance sur lui, et nous pourrions anticiper toutes ses actions.

– Poursuivre ma mission ne posera aucun problème, répondit Akan. Mais lui laisser les mains libres n'est peut-être pas une bonne idée.

– Vas-y, explique-toi.

– Pendant qu'il reste inoccupé, il a tout le loisir d'agir à sa guise, et donc fort probablement contre vous. Par chance, il est en ce moment à Eastania pour assister au conseil royal. Pourquoi ne pas l'envoyer au front, loin de ses terres et de la capitale ? Occupé à diriger nos armées, il lui sera bien plus difficile de comploter en secret. Il sera forcé de s'exposer davantage, ce qui augmentera nettement nos chances de découvrir la nature de ses activités.

– Ce n'est pas une mauvaise idée. S'il venait à mourir, nos problèmes seraient définitivement résolus, et s'il parvenait à vaincre Anrid, il nous débarrasserait de cette guerre interminable. Dans tous les cas nous sommes gagnants.

– Quant à moi, je pourrais faire le tour des académies d'Eastania, suggéra Eadgar. De plus, le directeur de Rathdery est, bien qu'un peu excentrique, un homme influent et un de mes plus vieux amis. Nous assurer son soutien pourrait être d'une grande aide.

– C'est donc décidé, déclara le roi en se levant. Akan poursuivra sa mission auprès du duc Corvis, tandis qu'Eadgar cherchera à freiner le recrutement des jeunes mages. Je pense qu'il est inutile de vous rappeler que votre discrétion dans cette entreprise est capitale. Le sort du royaume dépend peut-être de vous. J'attends donc des résultats, quel que soit le prix à payer. Sommes-nous bien d'accord sur ce point ?

– Oui Votre Majesté, s'exclamèrent les deux hommes en chœur.

– Bien. À présent, mieux vaut que tu t'en ailles Akan. Il serait imprudent de prolonger inutilement cette réunion, quelqu'un pourrait se poser des questions sur la nature de ton absence. Quant à Eadgar et moi, nous devons nous rendre au conseil royal. Mieux vaut ne pas faire attendre nos invités. »

Inclinant respectueusement la tête, Akan tourna les talons et repartit par là où il était venu. Une fois sorti de la petite chambre, il se dirigea d'un pas vif vers les appartements attribués au duc Corvis. De nouveau dans son rôle d'aide de camp, il ne se souciait plus d'être discret. Au contraire, mieux valait être vu par un maximum de personnes pour éviter d'éveiller des soupçons. Il traversa les interminables couloirs du palais royal d'Eastania, et parvint rapidement devant la chambre du duc. Ne s'autorisant pas à entrer, il s'adossa contre un mur et laissa ses pensées vagabonder dans l'attente du retour de sa cible.

∗∗∗

Akan avait commencé à travailler comme espion dès son plus jeune âge. Ses parents avaient été tués par des bandits de grand chemin alors qu'il n'avait que cinq ans. Devenu orphelin, il n'avait pas eu d'autre choix que de se mettre à voler pour survivre. Il était petit et agile, si bien qu'aucune bourse ne lui résistait. Le jeune garçon ne se faisait jamais prendre, du moins jusqu'au jour où il décida de voler la mauvaise personne. Ce matin-là, il se faufilait dans la foule comme à son habitude, lorsqu'il repéra un homme richement vêtu. Il se rapprocha discrètement, confiant dans ses capacités, mais à l'instant même où ses doigts touchèrent la bourse de sa cible, il sentit une main ferme se poser sur son épaule. Il eut beau se débattre, il ne parvint à se dégager et se fit donc attraper ce jour-là. L'homme qu'il avait essayé de voler n'était en effet pas n'importe qui. Il était le capitaine des espions royaux. Expérimenté, il avait repéré en un clin d'œil l'enfant qui l'avait pris pour cible. Néanmoins, plutôt que de le livrer aux gardes, le capitaine vit du potentiel en lui et lui offrit de travailler pour le roi. N'ayant pas d'autre choix pour éviter la corde, Akan accepta bien évidemment cette proposition bienvenue. Après avoir subi un long entraînement, le jeune garçon commença alors sa carrière d'espion. Le capitaine ne s'était pas trompé, Akan possédait véritablement un talent dans ce domaine. Au fur et à mesure que le temps passait et que ses missions s'achevaient sur des succès, il prenait petit à petit du galon jusqu'à finalement devenir un espion sous les ordres directs du roi. Ses missions devinrent alors plus compliquées et de plus grande envergure, jusqu'au jour où le souverain d'Astiria lui ordonna d'espionner le duc Corvis. Compétent, il n'avait pas eu de mal à se faire engager par sa cible. Le duc était un homme froid, mais qui savait récompenser la fidélité. Grâce à son dévouement apparent, Akan parvint à se rapprocher au plus près du seigneur au point de devenir son aide de camp personnel. Après une année passée au service du duc, le roi avait fini par convoquer le conseil royal pour prendre des mesures concernant la guerre qui faisait rage au sud, et Akan avait vu là une occasion de faire son rapport sans éveiller les soupçons. Tous les nobles les plus influents du royaume étaient conviés, et le duc Corvis ne faisait bien évidemment pas exception à la règle. Gouvernant toute la partie ouest d'Astiria, il était en effet l'un des seigneurs les plus puissants du royaume. Si puissant que le roi craignait qu'il ne prépare une rébellion. Au point qu'il avait jugé bon d'envoyer un espion récolter des informations de l'intérieur.

Le conseil royal s'était sûrement prolongé plus long-temps que prévu, car Akan dut attendre le retour du duc pendant de longues heures. Il commençait à avoir des four-mis dans les jambes lorsqu'enfin il vit apparaître ce dernier de l'angle d'un couloir. L'homme se dirigeait vers lui d'un pas calme, sa longue cape rouge flottant derrière lui. Comme à son habitude, le duc affichait un visage parfaite-ment impassible et un regard dénué de toute émotion. Arri-vant à sa hauteur, il lui adressa à peine un regard, et pénétra dans sa chambre. Habitué à ce type de comportement, Akan n'y prêta pas attention, et imita le noble avant de refermer la porte derrière lui. Le duc Corvis resta un moment immo-bile au milieu de la pièce, sans qu'un mot ne vienne franchir ses lèvres. Tout à coup, il explosa. Bouillonnant de rage, il se saisit d'une chaise qui avait eu le malheur de se trouver là, et l'envoya valser contre un mur.

« Ce vieil imbécile ! cracha-t-il, le visage déformé par un rictus de colère. Il faut vraiment que je le terrifie pour qu'il cherche à m'éloigner ainsi de la cour… Moi ! Il m'envoie remplir une mission comme si je n'étais qu'un vulgaire la-quais ! S'il croit que m'éloigner de la cour suffit à se débarrasser de moi, il se met le doigt dans l'œil ! Je jure qu'il finira par regretter cette folie… »

Bien que surpris par ce débordement inhabituel de la part du seigneur, Akan n'esquissa pas le moindre geste, se contentant d'observer et d'attendre les ordres. Comme il s'y attendait, le duc ne tarda pas à se calmer pour retrouver son air impénétrable, comme si de rien n'était.

« Prépare mes affaires, finit-il par lâcher d'un ton neutre.

– Nous ne passons pas la nuit ici Monseigneur ?

– Non, c'est inutile. Je veux en finir au plus vite, nous partons dès que possible. Fais seller mon griffon dès que tout sera prêt. »

Acquiesçant d'un signe de tête, Akan se mit sans tarder au travail. Et tandis qu'il s'affairait, il dut retenir un petit sourire satisfait.

Chapitre 4 : Joyau

Une vague noire que rien n'arrête. Un soleil d'un rouge sanglant. Des villes réduites en cendres. Des armées qui s'entrechoquent. Un sol recouvert de cadavres. Une frêle silhouette qui se dresse seule face aux ténèbres. Une mer de feu qui engloutit tout. Un monde au bord de la destruction.

***

Liam fut réveillé en sursaut par le grincement caractéristique que fit la porte de sa chambre en s'ouvrant. Couvert de sueur, il se redressa d'un bond. Kebras le regarda un instant après avoir refermé derrière lui, puis déclara d'un ton railleur :

« Eh ben, je me demandais si tu allais te réveiller un jour ! Tu devais vraiment être épuisé parce que tu as dormi comme un bébé. Je suis déjà allé chercher les marchandises et je les ai chargées dans la charrette, on n'attend plus que toi pour partir.

– Je suis vraiment désolé, je ne voulais pas dormir aussi longtemps, s'excusa Liam d'un air penaud.

– Ne t'inquiète pas, je te taquine. J'ai pensé à te réveiller, mais tu semblais tellement paisible que je n'ai pas osé. Les filles sont en train de finir les préparatifs, dépêche-toi d'aller les aider. Je récupère mes affaires et je vous rejoins.

– D'accord, merci, j'y vais tout de suite ! » s'exclama Liam en bondissant hors du lit.

Sortant de la chambre, il dévala l'escalier et manqua de percuter Laeli qui s'apprêtait à monter. Celle-ci, comme à son habitude, prit soin d'éviter son regard avec un air gêné. Elle devait néanmoins être de bonne humeur ou peut-être commençait-elle à s'habituer à lui, car la jeune fille le salua tout de même :

« Bonjour Liam. Bien dormi ?

– Heu, oui, merci, balbutia-t-il, pendant un instant surpris. Je peux vous aider à faire quelque chose ?

– Pas vraiment, on a déjà fini de charger les provisions. Je t'ai gardé un morceau de pain si tu as faim, fit-elle en lui présentant une miche de belle taille.

– Merci beaucoup, c'est gentil », répondit Liam, toujours affamé, en se saisissant précautionneusement du petit déjeuner.

Sa timidité reprenant le dessus, Laeli piqua un fard et prétextant devoir aller chercher ses affaires, prit ses jambes à son cou. Liam soupira et sortit de l'auberge. Il croisa au passage Earah qui, toujours aussi froide, le gratifia d'un simple bonjour. Il se contenta de lui répondre poliment, puis monta dans la charrette et commença à grignoter son pain. Liam n'eut à attendre que quelques minutes avant d'être rejoint par ses trois compagnons, qui sortirent à leur tour du bâtiment. Kebras s'empara des rênes et mit le petit véhicule en branle vers la sortie de la ville, avant de rejoindre la large route menant à la capitale. Le vieux marchand voulait arriver avant la tombée de la nuit et lança donc les chevaux à bonne allure. Rapidement, Peadel ne fut plus qu'un petit point noir derrière eux.

***

55

La charrette roulait depuis plusieurs heures lorsque Liam aperçut un imposant nuage de poussière venant à leur rencontre. Une foule de badauds et de voyageurs, arrêtés sur les bas-côtés de la route, semblaient observer avec intérêt l'origine de cette agitation. Kebras grommela quelque chose dans sa barbe, mais fut contraint de faire s'arrêter les chevaux et d'imiter les curieux lorsqu'un homme à cheval galopa à leur rencontre en criant : « Place ! Place pour les soldats du roi ! » Intrigué, Liam tendit le cou et assista à une scène spectaculaire. Une centaine d'hommes venaient en sens inverse, marchant au pas. Leurs bottes frappaient durement les pavés et leurs armures brillaient sous le soleil. La plupart étaient des fantassins, mais la tête du cortège sortait du lot. Un homme portant une armure étincelante sertie de pierres précieuses chevauchait un énorme griffon, qui mordait l'air de façon belliqueuse, provoquant les acclamations de la foule. Les griffons étaient des animaux très rares, dont on ne trouvait l'habitat qu'aux sommets des plus hautes montagnes. Ils ne se reproduisaient pas en captivité et devaient donc être capturés à l'état sauvage, ce qui n'était pas une mince affaire. Le terrain où ils vivaient était un obstacle en lui-même, mais il fallait ensuite parvenir à capturer ces énormes bêtes réputées pour leur agressivité extrême.

Les difficultés ne s'arrêtaient pas là, car une fois l'oiseau capturé, il fallait encore réussir à le dresser, un véritable exploit tant ces animaux rejetaient toute forme d'autorité. Posséder un griffon était donc évidemment une preuve de richesse et de puissance qui imposait le respect. Ces oiseaux étaient si rares que même Kebras, malgré tous ses voyages, n'avait pu en apercevoir qu'à une seule reprise. Celui qui passait devant Liam était de plus très impressionnant. D'une taille imposante, il dépassait n'importe quel homme de plusieurs têtes. Les plumes chatoyantes qui couvraient son corps semblaient parcourues de magie, forçant l'admiration de toute personne qui y posait le regard. L'homme qui chevauchait le fantastique animal n'était pas en reste. De forte stature, il avait l'allure hautaine qui caractérisait les nobles, et regardait fixement devant lui. Il tenait les rênes de sa monture d'une main, et gardait l'autre posée sur le pommeau de son épée, comme mettant au défi quiconque voudrait se mettre en travers de son chemin. Il dégageait une aura terrifiante, qui hérissa les poils de Liam malgré la distance les séparant. Plusieurs cavaliers de moindre allure semblaient l'escorter. Ces derniers ne portaient néanmoins pas d'armure, mais de longues capes noires dont la capuche cachait leur visage. Liam détourna instinctivement le regard lorsque l'homme et sa suite passèrent devant lui. Une fois que celui-ci se fut un peu éloigné, Kebras lui glissa :

« C'est le duc Corvis. Un homme compétent, mais qu'on dit être particulièrement cruel. Il doit être en route pour le front du sud.

– Je n'ai aucun mal à le croire, sa simple présence est terrifiante. J'ai l'impression que c'est le genre d'homme qu'il vaut mieux ne pas contrarier, répondit le jeune homme.

– Tu ne crois pas si bien dire. Il n'a presque aucun ennemi, probablement parce qu'il les a tous éliminés. Pour dire vrai, c'est sans doute la personne la plus influente du royaume. Certains disent même que c'est lui le véritable roi d'Astiria », expliqua le marchand tandis que l'impressionnant cortège disparaissait au loin.

La charrette reprit finalement sa route, et la faim se faisant sentir, le petit groupe décida de s'arrêter pour se restaurer dans une clairière bordant le chemin. Kebras sortit de son sac la viande et les légumes qu'il avait achetés en ville, et s'attela à la préparation d'un ragoût. Laeli s'occupa quant à elle d'organiser le foyer pour le feu, tandis qu'Earah annonça :

« Je vais chercher du bois.

– Je vais t'aider », proposa Liam, serviable.

La jeune fille hocha la tête et les deux compagnons s'enfoncèrent sous les arbres. Ils commencèrent à ramasser le combustible lorsqu'Earah rompit le silence :

« Je ne te déteste pas tu sais. C'est juste que mon père fait beaucoup trop facilement confiance aux gens, ce qui n'est pas mon cas.

– Parce que tu trouves que j'ai l'air malintentionné ? s'enquit Liam avec diplomatie.

– C'est exactement ce que dirait quelqu'un de malintentionné.

– C'est un peu facile, soupira le garçon.

– Mets-toi à ma place, tu arrives de nulle part, habillé comme un mendiant, et sans rien savoir de toi, mon père te propose de voyager avec nous. Tu pourrais être un voleur, un meurtrier ou un violeur, et nous n'aurions aucun moyen de le savoir, expliqua-t-elle avec fougue.

– Il me semble que tu oublies le passage où je vous sauve la vie, souligna le jeune homme.

– Je n'ai pas oublié. Je t'en suis très reconnaissante, mais c'est comme ça, il me faut du temps pour faire confiance aux gens. Mieux vaut être prudent, on ne sait jamais.

– Tu n'as pas forcément tort, mais toujours est-il que ce n'est pas très agréable…

– C'est vrai que j'ai peut-être été un peu plus froide que nécessaire avec toi. J'essaierai d'être plus agréable, mais ne compte pas sur moi pour arrêter de te surveiller.

– Ça me va, c'est déjà un grand pas en avant, répondit Liam avec humour.

– Parfait. Dépêchons-nous de ramener le bois, les autres vont finir par s'inquiéter », conclut Earah avec un petit sourire au coin des lèvres.

Liam acquiesça, et ils rejoignirent tous deux le reste du groupe avec l'esprit plus léger. Les quatre compagnons mangèrent rapidement le ragoût préparé par Kebras et reprirent aussitôt leur route. Les chevaux galopaient à vive allure, et enfin, peu avant le coucher du soleil, les voyageurs arrivèrent en vue d'Eastania.

✳ ✳ ✳

Si Liam fut impressionné en découvrant Peadel, ce ne fut rien par rapport à ce qu'il ressentit en voyant la capitale. Entourée par un mur d'enceinte particulièrement imposant, la cité resplendissait par son élégance. Les habitations, toutes construites en pierre blanche, lui donnaient un air si irréel que le garçon se demanda un instant s'il n'était pas en train de rêver. Les maisons les plus luxueuses grimpaient sur les flancs d'une petite colline en haut de laquelle un immense palais surplombait la ville. Le groupe se rapprocha, et après avoir traversé les contrôles d'usage, passa les larges murailles. La charrette s'avança sur les routes pavées de la ville, et Kebras amena les chevaux jusqu'à une auberge de belle taille. Elle était bien plus luxueuse que celle de Jo, mais une fois à l'intérieur, Liam se sentit étonnamment bien moins à l'aise, comme s'il n'y était pas à sa place. Il laissa Kebras s'occuper des formalités avec l'aubergiste, puis après lui avoir arraché la promesse de lui faire visiter la ville

61

le lendemain, imita les filles qui, épuisées par le voyage, étaient déjà allées se coucher.

✳✳✳

Au matin, Kebras, fidèle à sa parole, déchargea les marchandises de la charrette avant de proposer à Liam de lui faire découvrir la capitale. Celui-ci accepta évidemment avec joie, et les deux compères entreprirent de déambuler dans les rues de la ville. Ces dernières étaient si larges que plusieurs charrettes auraient pu sans difficulté se croiser de front. Les étals marchands qui les bordaient s'illustraient quant à eux par la variété et la quantité indécente de marchandises, et nombreux furent les habitants qu'ils croisèrent à être vêtus de riches atours. Tout respirait le faste et l'opulence. Liam n'eut par ailleurs pas souvenir d'avoir croisé le moindre mendiant. Désignant un imposant bâtiment devant lequel un attroupement de jeunes gens se pressaient, Liam interrogea le vieil homme :

« Qu'est-ce que c'est ? Il se passe quelque chose ?

– C'est le siège de Rathdery, la plus prestigieuse académie de magie d'Astiria. Elle forme seulement les meilleurs, mais j'ai entendu dire que l'examen d'entrée était assez strict. Elle ouvre ses portes au recrutement pendant deux semaines chaque année. Tu devrais essayer de t'y inscrire d'ailleurs, tu pourrais bien être accepté, et puis ça ne coûte rien, recommanda Kebras.

– Tu crois ? Ça a l'air plutôt sélectif, je ne suis pas sûr d'avoir le niveau…

– Bah, qui ne tente rien n'a rien ! Et puis aie un peu plus confiance en toi, tu te débrouilles très bien !

– Si tu le dis… J'imagine que ça ne coûte rien d'essayer, je n'ai rien à perdre et ce n'est pas comme si j'avais autre chose de prévu de toute façon.

– Voilà, je préfère ça ! s'exclama Kebras en ponctuant sa phrase d'une généreuse tape dans le dos du jeune homme. Allez, rentrons, j'aimerais partir avant midi.

– Vous partez déjà ? demanda Liam, l'air un peu déçu.

– Il faut bien, les marchandises ne vont pas se transporter toutes seules ! »

Désignant une rue se dirigeant vers le quartier nord de la ville, le jeune homme demanda :

« On pourrait passer par là pour rentrer ? J'aimerais jeter un coup d'œil à cette partie de la ville.

– Je ne suis pas sûr que ce soit très intéressant. Et puis, la partie nord est disons… différente.

– Raison de plus, et puis ça ne prendra pas longtemps…

– Si tu veux, soupira Kebras en cédant, mais je te préviens, tu risques d'être déçu. »

Les deux hommes poursuivirent donc leur chemin sur la route qu'avait désignée Liam, lequel constata rapidement un changement. Les rues, moins fréquentées, devinrent de plus en plus étroites. Les pavés furent remplacés par de la boue, et les grandes maisons de pierre blanche cédèrent rapidement la place à de petits bâtiments à colombages, puis à des cabanes délabrées. Le contraste était tel que Liam se demanda s'il n'avait pas changé de ville sans le savoir. Le décor ne fut cependant pas le seul à se transformer, car ce fut aussi le cas des habitants. Ils étaient tous vêtus misérablement, et certains arboraient… de fines oreilles pointues.

« Ce sont des elfes ? demanda Liam. J'en ai déjà entendu parler, mais c'est la première fois que j'en vois. Je ne comprends pas, pourquoi sont-ils aussi…

– Misérables ? compléta Kebras. Ils ont toujours été opprimés, car les gens les associent souvent aux démons, probablement à cause de leurs oreilles qui sont semblables. Mais les choses ont empiré depuis la fin de la révolte des ombres.

– La révolte des ombres ? demanda Liam, un peu perdu.

– Ça m'étonne que tu n'en aies pas entendu parler. Ça a pourtant fait beaucoup de bruit lorsque c'est arrivé. Les ombres étaient une unité d'elfes d'élite au service du roi. Il y a deux ans, une de leurs membres s'est autoproclamée reine des elfes, et a déclaré vouloir libérer son peuple de l'oppression des humains. Les elfes sont relativement peu nombreux, mais beaucoup l'ont rejointe. Elle a conduit une révolte, soutenue par les autres membres des ombres. Leur armée est même arrivée jusqu'aux portes d'Eastania. Mais le roi a alors envoyé les séraphins, l'élite des mages du royaume à la tête de son armée. Leur puissance était telle qu'ils ont presque réprimé la révolte à eux seuls et vaincu cette reine des elfes, massacrant au passage une grande partie de ceux qui se trouvaient là.

– Et les survivants ?

— La plupart ont été réduits en esclavage, tout comme beaucoup de ceux qui n'avaient pas participé à la révolte d'ailleurs. Tu vois la marque violette sur la poitrine des elfes làbas ?

— Oui, bien sûr, qu'est-ce que c'est ?

— Un sceau d'esclavage. Ça empêche les elfes d'utiliser leur magie ou de désobéir à leur maître.

— C'est un peu injuste non ? Je veux dire, opprimer tout un peuple à cause d'une révolte, ça me semble un peu… extrême.

— Le roi y était plutôt opposé, mais le duc Corvis a insisté, soutenu par l'opinion publique et par de nombreux nobles. Notre souverain n'a donc pas eu d'autre choix que de se plier à leurs exigences.

— Il est le roi, il aurait pu refuser ! s'exclama Liam.

— Un roi n'est pas tout-puissant, il a besoin de soutien pour gouverner. Et l'équilibre des pouvoirs est fragile. Le monde est plus compliqué qu'il n'en a l'air au premier abord.

– C'est affligeant quand même, s'indigna le jeune homme, la mine déconfite. Il y a tellement de richesses à seulement quelques rues d'ici…

– Je ne peux qu'être d'accord avec toi, mais nous ne sommes que des fourmis dans le royaume, il n'y a rien que nous puissions faire. Je t'avais prévenu que tu serais déçu.

– Tu as probablement raison… » répondit tristement Liam, une étrange lueur dans le regard.

Les deux hommes finirent par émerger du quartier, revenant au luxe caractérisant le reste de la ville, et prirent la direction de l'auberge. La traversée du secteur nord avait troublé Liam, et avait fait durer plus que prévu la visite de la ville. Kebras, désireux de reprendre la route sans trop tarder afin de ne pas être condamné à dormir à la belle étoile avec tous les dangers que cela impliquait, se pressa de rassembler ses maigres possessions et de charger sa charrette. Ses filles l'imitèrent, et en moins de temps qu'il n'en faut pour le dire, la petite famille était rassemblée devant l'auberge, prête à partir. Liam sortit bien évidemment avec eux pour leur souhaiter bonne route. Kebras le gratifia d'une étreinte amicale, et lui dit :

« Ce voyage fut un plaisir, prends soin de toi Liam.

– Ce fut un plaisir partagé, soyez prudents sur la route et encore merci pour tout.

– C'est moi qui te remercie. Tiens, voilà ton salaire, annonça Kebras en lui tendant une petite bourse contenant une dizaine de pièces d'argent.

– Je ne peux pas accepter, c'est beaucoup trop, vous m'avez déjà payé l'auberge !

– Ça me fait plaisir, et puis tu en auras besoin pour vivre ici. »

Il faut dire que la somme offerte par Kebras était bien supérieure à ce qui se faisait habituellement en matière d'escorte. Chaque pièce d'argent valait cent pièces de bronze, et de même, chaque pièce d'or valait cent pièces d'argent. On pouvait aisément se payer une nuit à l'auberge avec cinq pièces de bronze, le salaire de Liam représentait donc une somme assez importante. Le jeune homme remercia de nouveau son aîné pour ce geste généreux et se tourna vers Laeli et Earah pour leur souhaiter bonne route. À sa grande surprise, les deux filles le serrèrent également dans leurs bras, en lui répétant de faire attention à lui. Le groupe finit par se séparer, et Liam regarda la charrette s'éloigner, en faisant des signes de la main pour dire au revoir à ceux qui avaient été pendant un temps ses compagnons de voyage.

Chapitre 5 : Rathdery

Liam marchait d'un bon pas. Kebras et ses filles étaient partis depuis deux jours, et après avoir exploré une bonne partie de la ville, le jeune homme s'était enfin décidé à tenter sa chance pour rejoindre une académie de magie. Déterminé, il était prêt à se présenter à toutes celles de la ville s'il le fallait. Il décida cependant de suivre en premier lieu les conseils de Kebras et se dirigea donc d'abord vers l'académie Rathdery. Il arriva rapidement devant le bâtiment qu'il avait observé lors de sa visite précédente, toujours entouré par un nombre aussi impressionnant de candidats. En se rapprochant, il s'aperçut qu'ils formaient une file d'attente s'étirant d'un bout à l'autre de l'académie jusqu'à son entrée. Un soupir contrarié lui échappa lorsqu'il réalisa le temps qu'il lui faudrait attendre. Liam prit néanmoins son mal en patience et s'inséra à l'arrière de la file. Cette dernière avançait lentement, et le jeune homme eut ainsi tout le loisir d'observer ceux qui l'entouraient. De toute classe sociale, la plupart semblaient particulièrement nerveux. Et l'expression sur le visage de leurs prédécesseurs ressortant du bâtiment n'était pas pour les rassurer. Les examinateurs faisaient entrer les candidats par groupe de trois, et la majorité marchaient tête basse en ressortant. Liam considérait cependant Rathdery comme une académie de toute façon trop prestigieuse pour lui, et resta donc relativement détendu. Après de longues heures d'attente, son tour finit enfin par venir. Une femme d'âge moyen s'approcha et lui fit signe d'entrer à la suite de deux autres personnes. Ils furent tous trois conduits dans une longue salle, au bout de laquelle on avait placé trois mannequins en eryl, un métal argenté réputé pour sa grande résistance à la magie. D'un prix peu accessible, il était d'ordinaire principalement utilisé pour la fabrication des armes et des armures. Sans perdre de temps, la femme chargée de diriger l'épreuve s'adressa aux trois mages avec un visage parfaitement impassible :

« Bonjour à tous, je suis le professeur Swithka et je serai votre examinatrice aujourd'hui. Je suppose que vous l'avez certainement déjà deviné, l'examen consiste à lancer une attaque sur les mannequins que vous pouvez apercevoir là-bas. Je jugerai ensuite votre performance et vous informerai immédiatement de ma décision. Je précise que celle-ci est irrévocable et qu'aucune réclamation ne sera acceptée. À présent, candidat numéro 1, vous pouvez avancer », conclut-elle en s'adressant à un grand brun à l'air sûr de lui.

Ce dernier rejoignit aussitôt une ligne tracée au sol et commença à se concentrer. Une petite flamme finit par apparaître au creux de sa main, et d'un geste brusque, le mage la projeta devant lui. La flamme fusa en direction des mannequins et… s'éteignit avant de les atteindre. Liam faillit pouffer de rire en observant la mine déconfite de l'arrogant jeune homme mais parvint de justesse à se reprendre. La femme n'eut quant à elle aucune réaction superflue, et annonça simplement d'une voix monotone :

« Candidat numéro 1 : refusé. Candidat numéro 2, c'est à vous. »

Le candidat numéro 2 était en réalité une candidate. D'une quinzaine d'années, elle arborait de courts cheveux roux et des yeux d'un vert pétillant. La jeune fille s'avança tandis que son prédécesseur se dirigeait l'air penaud en direction de la sortie. La rouquine semblait bien plus compétente. Elle ne tarda d'ailleurs pas à le prouver en faisant rapidement apparaître une imposante tornade qui frappa avec violence un des mannequins, manquant de le faire tomber.

« Candidat numéro 2 : accepté, déclara l'examinatrice. Mettez-vous sur le côté pour le moment. Candidat numéro 3, vous pouvez vous approcher. »

Liam s'avança jusqu'à la ligne, le cœur battant la chamade. Il tâcha de se remémorer ses nombreux entraînements, et essaya de se concentrer. Ralentissant les battements de son cœur et libérant son esprit, il sentit la magie circuler furieusement dans ses veines, comme impatiente d'être utilisée. Il voulait réussir ce test, non, il devait le réussir. Il ne lui restait plus que ses pouvoirs. Il ne possédait plus rien d'autre. Il leva calmement la main, concentra sa magie dans sa paume, puis, d'un geste vif, libéra d'un coup la puissance accumulée. Un éclair fin jaillit aussitôt et vint frapper en plein cœur le mannequin lui faisant face.

« Candidat numéro 3 : refusé », commença la femme avant d'être interrompue par un craquement sourd qui résonna longuement dans la salle. Intriguée, elle jeta un œil autour d'elle, juste à temps pour apercevoir le mannequin se fissurer. Ce dernier implosa avec une telle violence que des éclats vinrent se planter aux quatre coins de la salle. L'examinatrice resta un moment sans réaction, tandis que l'autre candidate fixait d'un air ahuri un morceau qui s'était fiché à un cheveu de sa tête. Liam crut entrevoir pendant un instant une lueur surprise traverser les yeux de l'examinatrice, mais la femme se reprit rapidement et annonça :

« Rectification. Candidat numéro 3 : accepté. Vous pouvez tous deux vous diriger vers le bureau d'inscription au bout du couloir, on vous y expliquera toutes les formalités. Je vous souhaite la bienvenue à Rathdery. »

Les deux jeunes gens la remercièrent joyeusement puis se dirigèrent tout heureux vers le lieu qui leur avait été indiqué. Un vieil homme portant un étrange monocle les y accueillit et les gratifia d'explications sommaires :

« Félicitations pour votre réussite à l'examen. Comme vous en avez probablement déjà entendu parler, l'académie prône un système particulier. Un certain nombre de cours vous seront proposés chaque jour, et vous pouvez librement vous rendre à ceux que vous jugerez utiles, sans la moindre restriction. Ce système a été mis en place principalement pour s'adapter aux importantes disparités de niveaux entre nos étudiants. Inutile de vous dire que vous devriez tout de même y assister un maximum si vous souhaitez obtenir votre diplôme sans trop de difficultés. Vous êtes indubitablement très doués pour avoir réussi à intégrer notre académie, mais je vous déconseille de devenir présomptueux pour autant. Rathdery regorge de talents, ici vous n'avez plus rien d'exceptionnel. Partez du principe qu'il y aura toujours quelqu'un de plus fort que vous. Concernant l'examen final, il sera mis en place en fin d'année, et si vous le réussissez, votre niveau sera alors certifié par l'Académie. Je ne pense pas avoir besoin de vous préciser que cela vous apportera bien évidemment l'intérêt des seigneurs les plus éminents du royaume. Nous proposons également des formations spécifiques, notamment si vous avez pour projet de faire carrière dans l'armée. Nous préparons même les plus puissants d'entre vous, si vous en faites la demande, au concours d'entrée des séraphins. Je vous rappelle que l'Académie ouvre ses portes à partir de la semaine prochaine et que votre présence est obligatoire au premier cours de chaque matière. Si vous le permettez, je vais maintenant recueillir vos données personnelles : nom, magie élémentaire, lieu de naissance… »

Liam donna rapidement les informations demandées, imité par sa compagne d'examen. Il apprit ainsi que cette dernière s'appelait Lori et venait du nord d'Astiria, non loin de la frontière avec les hommes-bêtes. Après d'interminables explications, le vieil homme finit enfin par les libérer.

« C'est fou comme cette vieille branche aime s'entendre parler, j'ai cru qu'il n'allait jamais s'arrêter, déclara la jeune fille en pouffant de rire dès qu'ils furent hors de portée.

— C'est sûr, il doit avoir un effet somnifère, j'ai décroché dès qu'il a commencé à nous féliciter, répondit Liam avec humour.

— Tu t'appelles Liam c'est ça ? Moi c'est Lori, enchantée !

— De même ! Ça fait longtemps que tu es arrivée à la capitale ?

— Non pas vraiment, je suis là seulement depuis la semaine dernière. Je loue une chambre avec mon cousin dans le quartier sud. Il a réussi l'examen hier, je suis super soulagée d'avoir été acceptée aussi, j'avais un peu peur de faire moins bien que lui ! D'ailleurs on va boire un verre au *Nid des ivrognes* ce soir. C'est une taverne plutôt sympa qu'on a dégotée, si ça te dit, tu pourrais te joindre à nous, proposa Lori.

– Avec plaisir, je viens d'arriver, je ne connais pas grand monde à Eastania. Et puis ça tombe bien, mon auberge est dans le même quartier, accepta Liam, enthousiaste.

– Parfait, à ce soir alors ! » conclut la jeune fille en lui faisant un signe de la main.

***

Quelque peu fatigué par les événements du jour, Liam acquiesça d'un signe de tête et prit aussitôt la direction de son auberge. Le soir venu, il fit un brin de toilette et se rendit jusqu'à la taverne que Lori lui avait désignée. Il s'apprêtait à y pénétrer lorsqu'il sentit une main se poser sur son épaule. Se retournant, il se retrouva nez à nez avec la jeune fille qui lui souriait. Elle était accompagnée d'un garçon que Liam surplombait d'une demi-tête. L'air amical, il arborait de courts cheveux blonds et un sourire espiègle au coin des lèvres.

« Je te présente Liam, celui avec qui j'ai passé l'examen, fit-elle en s'adressant à son compagnon. Liam, je te présente Temoe, mon cousin.

– Ravi de te rencontrer, déclara Liam en s'adressant au nouveau venu.

– C'est un plaisir partagé, Lori m'a beaucoup parlé de toi, répondit le jeune homme avec une lueur joueuse dans les yeux.

– Arrête de dire n'importe quoi ! s'énerva cette dernière en rougissant. Ne fais pas attention à lui Liam, il adore raconter des bêtises, expliqua-t-elle en fusillant Temoe du regard, lequel se contenta de lui retourner un sourire angélique. Bon, on ne va peut-être pas rester dehors, reprit-elle, on y va ? »

Les deux garçons acquiescèrent et le petit groupe pénétra dans la taverne. Ils arrivèrent dans une grande salle particulièrement animée. Plusieurs hommes à moitié soûls entouraient le comptoir et ne semblaient pas près de s'arrêter de boire, au vu de la vitesse à laquelle ils finissaient leur chope. Les tables éparpillées aux quatre coins de la taverne étaient presque toutes occupées par des groupes d'hommes et de femmes qui riaient bruyamment et ne semblaient pas vraiment dans un meilleur état que les précédents. Désignant un attroupement à l'une des extrémités de la salle, Temoe demanda à Liam :

« Tu sais jouer aux dés ?

– Non pas vraiment, répondit le jeune homme.

– Viens je vais te montrer, c'est génial, je suis sûr que tu vas adorer.

– Fais attention Liam, intervint Lori, il fait l'expert, mais en réalité, il est complètement dépendant et a déjà perdu une petite fortune, conclut-elle en pouffant de rire. Bref, je vais nous chercher à boire, ne faites pas trop de bêtises en attendant ! »

Temoe, tout excité, ignora totalement sa cousine et entraîna Liam jusqu'à la petite table qu'il avait repérée.

« Tu vas voir, ce n'est pas très compliqué, expliqua-t-il en désignant deux hommes en train de secouer des dés à l'intérieur d'un gobelet en bois. Les deux joueurs possèdent trois dés, et les lance simultanément, mais chaque participant ne connaît que son propre score. Le joueur a alors la possibilité d'augmenter la mise s'il pense être devant. Son adversaire peut ensuite soit accepter, soit abandonner sa mise initiale au premier joueur. »

Les deux hommes en train de jouer avaient quant à eux fini de lancer leurs dés. Celui qui était le plus proche de Liam, un véritable colosse, jeta rapidement un coup d'œil à son score en soulevant légèrement son gobelet, puis annonça d'une voix forte : « Je triple ! » Son adversaire hésita un instant, observant l'homme sous toutes les coutures dans l'espoir de surprendre un signe indicateur, mais celui-ci garda un visage parfaitement impassible. Après plusieurs secondes, il se résigna finalement et déclara abandonner, un peu à contrecœur. Il souleva son gobelet en soupirant, dévoilant un score de 13. Un sourire satisfait apparut alors sur le visage du colosse, qui dévoila ses trois dés bloqués sur le chiffre 1, tout en empochant la mise. Son adversaire, furieux de s'être fait avoir, se leva et sortit de la taverne en grommelant, sans demander son reste devant l'hilarité générale de l'assistance. Temoe proposa alors à Liam d'essayer, mais celui-ci refusa poliment en se justifiant par la légèreté de sa bourse. Il fut sauvé de l'insistance du jeune homme par le retour de Lori qui ramenait de quoi se rafraîchir. La soirée se poursuivit ainsi dans une bonne ambiance, même si les trois adolescents burent probablement plus que de raison. Ils finirent par se séparer à une heure tardive, en se promettant de se retrouver à l'ouverture de l'Académie.

***

Le reste de la semaine passa en un clin d'œil. Liam était résolu à trouver un travail devant la vitesse à laquelle la bourse laissée par Kebras fondait, et avait donc été plutôt occupé. Il fit le tour du quartier à plusieurs reprises, mais ne parvint pas à trouver un poste fixe. Il dut donc se contenter de quelques missions plutôt mal rémunérées. Il effectua ainsi toutes sortes de tâches, allant du déchargement de marchandises à la livraison de commandes. On lui parla bien de travaux plus lucratifs, mais ceux-ci fleurtant avec l'illégalité, Liam préféra rester fidèle à ses principes et garder les mains propres. Ainsi, il ne vit pas le temps passer, et avant qu'il ne s'en rende compte, le jour de son entrée à l'Académie était arrivé. Il n'avait presque pas dormi de la nuit tant il était impatient, et se dirigea donc tout excité en direction de Rathdery. Il croisa en chemin Lori en compagnie de son cousin, et les trois amis, tout heureux de se retrouver, poursuivirent ensemble leur route. L'Académie en elle-même se trouvait à l'arrière du centre d'examen, lequel servait en temps normal de salle de réception. C'était un imposant bâtiment décoré d'une multitude de fenêtres et de gargouilles de toutes les formes. L'entrée, une gigantesque porte en bois de frêne, laissait passer un flot constant d'étudiants venus des quatre coins d'Astiria. Liam fut cependant arraché à sa contemplation. Un jeune homme à l'air arrogant le bouscula violemment, manquant de le faire tomber, et poursuivit néanmoins sa route comme si de rien n'était. Liam s'apprêtait à rattraper l'individu quand Lori le retint par la manche de sa cape.

« Ça ne sert à rien, ne va pas te créer des ennuis dès le premier jour, ignore-le.

– Je le reconnais, intervint Temoe. Il a passé son examen en même temps que moi et regardait déjà tout le monde de haut. Si je me rappelle bien, il s'appelle Lett et vient d'une grande famille noble. J'ai entendu d'autres candidats en parler, apparemment il serait très puissant, mais considérerait comme beaucoup que la magie est l'apanage des nobles et ne devrait pas être étudiée par les roturiers.

– C'est juste une belle ordure en fin de compte, appuya Lori.

– N'empêche que j'aurais bien aimé lui faire ravaler son sourire hautain, marmonna Liam en serrant les dents. Enfin tant pis, allons-y. Je ne vais pas laisser cet imbécile me gâcher la journée », poursuivit-il dans un élan de sagesse.

Ses compagnons lui emboîtèrent aussitôt le pas et entrèrent à sa suite au cœur de l'Académie. Après une petite attente qui leur sembla pourtant durer une éternité, les nouveaux étudiants furent accueillis par le directeur de l'Académie, un homme pour le moins atypique. Relativement jeune, il portait un habit multicolore, et arborait de longs cheveux teints d'une étrange couleur bleue. Il les félicita d'un air joyeux pour leur admission, et leur réexpliqua brièvement le fonctionnement de l'école, tout en glissant une quantité bien trop importante de blagues plus ou moins drôles dans son discours. Il les invita ensuite à le suivre pour une visite de l'Académie. La réputation de Rathdery n'était pas usurpée, et les infrastructures étaient parfaitement à la hauteur. Les élèves découvrirent ainsi un nombre sans fin de salles de toutes les tailles et fonctionnalités, allant de la salle de cours classique à une arène d'entraînement, en passant par une immense bibliothèque qui contenait une quantité impressionnante de livres. Les jeunes étudiants étaient admiratifs devant la variété des équipements proposés, et ce fut donc à un groupe des plus enthousiastes que le directeur s'adressa pour annoncer la fin de la visite :

« Bien, j'espère que cette petite découverte vous aura plu. Je vais à présent retourner à mes occupations. Les premiers cours commencent dans moins d'une heure, je vous invite donc à vous rendre près du tableau là-bas pour prendre en note les emplois du temps. Sur ce, je vous souhaite bon courage et je vous abandonne ! » conclut-il joyeusement.

Obtempérant, les jeunes gens suivirent les recommandations du directeur et se dirigèrent aussitôt vers le planning.

« Le premier cours porte apparemment sur les magies élémentaires, constata Lori après un bref instant. Du coup on te laisse, on va à celui sur la maîtrise du vent avec Temoe, on se voit après !

– Oui, à tout à l'heure », répondit Liam en se dirigeant vers son propre cours.

Il rejoignit ainsi une cinquantaine d'autres mages de foudre dans la vaste salle qui leur avait été attribuée. Le professeur, un homme bedonnant non loin de la cinquantaine, voulut en premier lieu se faire une idée du niveau de ses élèves et leur demanda donc de réaliser une série d'exercices plus ou moins compliqués. Liam s'illustra par la vitesse avec laquelle il parvint à accéder aux demandes de l'homme, et celui-ci, d'abord un peu surpris, en vint rapidement à lui prodiguer des conseils pour la création de sorts de plus grande ampleur. Le cours s'orienta ensuite dans une direction plus théorique, au grand soulagement de Liam à qui les efforts avaient coûté beaucoup d'énergie.

« Pourquoi certaines personnes sont-elles capables d'utiliser la magie et d'autres non ? commença le professeur. C'est une question que l'on peut et même que l'on doit se poser. De nombreuses études portent sur le sujet, et on peut aujourd'hui affirmer avec certitude que cela ne provient pas d'une différence corporelle. Nous n'avons aucun moyen de le vérifier, mais la plupart des hypothèses supposent que la capacité à utiliser la magie viendrait de l'âme. Comme vous êtes nombreux à le savoir, la magie est partout, que ce soit à l'intérieur de nous ou dans l'air qui nous entoure. Chaque âme est formée à partir d'un unique élément et aucun mage ne peut donc contrôler plus d'un élément, car cela reviendrait à avoir deux âmes. Nous naissons tous ainsi avec une capacité plus ou moins importante à maîtriser nos pouvoirs. Il existe donc une limite que nous ne pouvons dépasser, à partir de laquelle il n'est plus possible de s'améliorer. Pourtant, apprendre à maîtriser la magie à la perfection fait toute la différence. C'est pour cette raison qu'un mage expérimenté sera toujours infiniment supérieur à un jeune mage avec les mêmes capacités. Cette année à Rathdery vous permettra donc d'apprendre tout ce que vous avez à savoir afin d'atteindre vos limites. »

Le cours se poursuivit ainsi pendant une petite heure avant que le professeur ne finisse par libérer ses élèves. Liam, heureux de la grande quantité de connaissances qu'il avait pu accumulées en si peu de temps, prit alors une résolution. Il se jura que, quels que soient les obstacles qui se dresseraient devant lui, il atteindrait un niveau de puissance encore inégalé. Un niveau qui lui permettrait d'éviter qu'à nouveau il ne puisse protéger ce à quoi il tenait.

Chapitre 6 : Tempête

Rhaena courait. Les branches giflaient son visage, laissant de fines éraflures sur sa peau. Des hurlements sinistres retentirent derrière elle. Une grimace inquiète traversa le visage de la jeune fille. Ce n'était pas bon. Ses poursuivants utilisaient des lions des montagnes. Ces redoutables traqueurs étaient dotés de puissantes pattes et de griffes affutées. De plus, leur extrême sensibilité à la magie en faisait des chasseurs de mages particulièrement efficaces, craints dans tous les royaumes de Lysarian. Rhaena entendit les cris des hommes qui se rapprochaient et s'efforça d'accélérer. Elle préférait ne même pas imaginer ce qui l'attendait si elle était rattrapée. Cela faisait maintenant deux jours qu'ils avaient retrouvés sa trace, et elle n'avait depuis pas cessé de courir dans l'espoir de les semer. La fatigue qui la rattrapait inévitablement l'avait forcée à ralentir son allure, et ses chasseurs étaient maintenant sur ses talons. Un lion des montagnes jaillit brusquement d'un buisson et bondit sur la jeune fille qui se baissa juste à temps. Rhaena ne daigna pas s'arrêter, et transperça l'animal passant au-dessus d'elle d'un coup de couteau bien placé. Ses poursuivants ne lui laissèrent pourtant pas le moindre répit. Elle entendait déjà les lourds sabots de leurs chevaux qui frappaient le sol. Une vingtaine de cavaliers émergèrent des sous-bois en galopant à vive allure dans sa direction. Rhaena dut se rendre à l'évidence : le combat était inévitable. Résignée, la jeune fille fit volte-face, prête à affronter ses poursuivants. Soudain, une flèche fendit l'air et vint se loger avec une précision effrayante dans la poitrine d'un des cavaliers. L'homme observa sa blessure d'un air hébété, avant de tomber au sol, inerte. Ce projectile isolé fut bientôt suivi par une véritable pluie meurtrière. Des flèches jaillissaient de toutes parts, frappant sans pitié les cavaliers complètement paniqués. Chacune atteignait sa cible, et en un rien de temps, tous ses chasseurs gisaient face contre terre. Abasourdie, Rhaena se retourna et se retrouva nez à nez avec une dizaine d'elfes qui bandaient leurs arcs dans sa direction. La jeune fille rangea doucement ses couteaux en signe d'apaisement, quand un elfe particulièrement âgé s'approcha d'elle.

« Pourquoi ces hommes te poursuivaient-ils ? » demanda-t-il d'un ton agressif.

Rhaena resta muette et répondit simplement en relevant ses cheveux, exposant ses oreilles pointues. Son interlocuteur se relâcha immédiatement, et déclara en s'adressant à ses compagnons sur un ton soulagé :

« C'est bon, c'est une des nôtres. Viens avec nous, nous discuterons des détails une fois arrivés au village, poursuivit-il en se retournant vers la jeune fille. Cet endroit est dangereux, mieux vaut ne pas s'y attarder, il pourrait y en avoir d'autres. »

Rhaena acquiesça et toujours sans un mot, suivit les archers à travers les bois. Le petit groupe s'enfonça au plus profond de la forêt, jusqu'à une imposante cascade qui bouillonnait avec fracas. Les elfes rejoignirent un petit sentier caché par la verdure qui courait le long de la montagne. Le chemin, camouflé à la perfection, passait derrière la cascade pour déboucher sur un vaste réseau de galeries. Sans hésitation, l'elfe qui marchait en tête emprunta le tunnel le plus étroit, aussitôt suivi par le reste du groupe. Après plusieurs minutes de marche dans une obscurité presque totale, le groupe déboucha enfin à l'air libre. Rhaena, éblouie par le changement soudain de luminosité, plaça instinctivement la main devant ses yeux. Une fois accoutumée à la clarté, elle put découvrir le petit village qui s'étendait devant elle. Construit dans les arbres, le hameau était constitué d'une cinquantaine de petites maisons rudimentaires. Quelques jeunes enfants couraient entre les troncs, mais Rhaena remarqua rapidement que le reste de la population se composait principalement de vieillards. Interrompant ses observations, l'elfe qui lui avait parlé dans la forêt s'approcha d'elle :

« Bienvenue dans notre humble village, probablement un des derniers endroits d'Astiria où les elfes sont encore libres. Je me nomme Thanhir et j'en suis actuellement le dirigeant.

– Rhaena, répondit la jeune fille en guise de présentation.

– Eh bien Rhaena, maintenant que nous sommes à l'abri, pourrais-tu nous expliquer pourquoi tu étais poursuivie ? Il n'est pas rare que les elfes soient traqués, mais ceux qui te chassaient étaient particulièrement nombreux. Et avec des lions des montagnes. Je doute que de simples marchands d'esclaves se donnent autant de mal pour une seule personne. »

La jeune fille hésita, se creusant les méninges pour trouver
une excuse crédible.

« Tu n'as rien à craindre, insista un autre elfe en pensant
qu'elle avait peur de répondre. Ce lieu est un havre de paix,
quoi qu'il te soit arrivé, personne ne te fera de mal ici.

– Je combattais pendant la révolte des ombres, répondit
Rhaena après un instant. J'ai réussi à m'enfuir après la
grande défaite, mais ils m'ont retrouvée. Je suppose qu'ils
ne pouvaient pas se permettre de laisser une ennemie en liberté.

– Je vois… murmura Thanhir d'un air dubitatif. Pour être
honnête, je ne comprends toujours pas pourquoi ils ont déployé autant de moyens pour une simple rebelle. Mais après
tout, tout le monde a ses petits secrets, je ne t'en demanderai pas davantage si tu ne veux pas en parler. En revanche,
tu peux rester ici si tu le souhaites. Le village est presque
introuvable, tu y seras à l'abri. Malgré tout, bien que nous
ayons recueilli quelques elfes en fuite, la majorité de ceux
qui vivent ici sont trop jeunes ou trop âgés pour se battre.

Je pense que ta présence ici serait rassurante pour tout le monde.

– Pourquoi pas, je n'ai nulle part où aller de toute façon, fit Rhaena d'un air un peu triste.

– C'est malheureusement le cas de nombre d'entre nous. Mais la vie ne s'arrête pas pour autant. Je pense qu'il est important que chacun reste optimiste et ne perde pas espoir. Il faut croire qu'un jour les choses changeront. Allez viens, je vais te présenter les autres. »

∗∗∗

Rhaena découvrit un village bien plus vivant qu'il ne laissait paraître à première vue. Les habitants étaient tous, sans la moindre exception, particulièrement amicaux et l'accueillirent parmi eux avec joie. On lui offrit à manger, ainsi qu'une petite hutte inoccupée où la jeune fille put s'installer à son aise. Rhaena s'accoutuma rapidement à cette nouvelle vie. Elle se levait à l'aube pour participer aux tâches communes et prenait part de temps à autre aux patrouilles que menait Thanhir. Malgré son caractère plutôt taciturne, les enfants du village se prirent étonnamment d'affection pour elle. Elle passait ainsi de longues heures à jouer avec eux et à leur raconter toutes sortes d'histoires. Leur préférée était celle de la grande reine des elfes. Ils avaient beau l'avoir déjà entendue de nombreuses fois, les enfants la lui réclamaient inlassablement, et Rhaena finissait toujours par céder, non sans une certaine expression nostalgique. Elle commençait toujours de la même manière, sous les yeux passionnés de ses jeunes spectateurs :

« Il était une fois une jeune elfe nommée Beatrix. C'était une grande mage et une combattante redoutée dans tout Lysarian. Sans surprise, ses talents finirent par lui attirer l'intérêt des hommes cupides qui cherchèrent rapidement à utiliser son pouvoir. Ainsi, Beatrix fut recrutée au sein des ombres, les elfes d'élite au service du roi d'Astiria. Elle grimpa rapidement les échelons jusqu'à diriger elle-même l'organisation. Pourtant, elle ne se satisfaisait pas de servir un humain et prit un jour la décision de se rebeller contre l'autorité du roi pour protéger son peuple sans cesse opprimé. Les autres ombres la suivirent sans hésiter, et bientôt, ce furent des milliers d'elfes venus des quatre coins d'Astiria qui la rejoignirent dans son combat. D'une beauté à couper le souffle, c'était une véritable meneuse, adorée et respectée des siens. En seulement quelques semaines, Beatrix se retrouva à la tête d'une imposante armée et fut proclamée reine des elfes. Elle remporta un nombre incalculable de victoires, écrasant un à un tous les ennemis osant se dresser face à elle. Après d'interminables combats, elle finit enfin par arriver aux portes d'Eastania. La capitale comme la victoire lui tendaient les bras, mais le roi avait encore une carte à jouer. Il tendit un piège à la reine, qui se retrouva séparée des autres ombres et encerclée par les séraphins, les plus puissants mages d'Astiria. Beatrix combattit courageusement, terrassant maints ennemis, mais ces derniers étaient trop nombreux, même pour elle. Ainsi périt la grande reine des elfes qui s'était dressée contre l'oppression des hommes. On raconte cependant qu'aux portes de la mort, elle jura qu'un jour viendrait un elfe qui réussirait là où elle avait échoué, un elfe qui libérerait les siens. »

Rhaena racontait les histoires avec une telle passion que les enfants buvaient ses paroles avec des yeux émerveillés, si bien que leurs parents n'avaient d'autre choix que de les ramener de force chez eux pour libérer la jeune fille.

***

Rhaena vécut ainsi paisiblement parmi les elfes pendant près de trois mois. Peu à peu, elle commença à s'habituer à la simplicité de cette nouvelle vie. Mais son passé finit immanquablement par la rattraper. Cela commença au matin d'une journée tout à fait ordinaire. Le temps était radieux, et malgré l'approche de l'hiver, la forêt était encore grouillante de vie. Rhaena s'était ce jour-là portée volontaire pour participer à la patrouille journalière, et rejoignit donc Thanhir et quelques autres elfes dès l'aube. Le groupe sortit du petit havre de paix qu'était le village, traversant les galeries et empruntant le sentier de la cascade jusqu'à rejoindre la forêt. Les elfes parcoururent les bois d'un bout un l'autre sans rencontrer la moindre menace et s'apprêtaient à rentrer lorsque Thanhir, qui marchait en tête, fit brusquement signe à ses compagnons de s'arrêter. Rhaena s'immobilisa aussitôt. Elle n'entendit tout d'abord que le souffle du vent et le craquement des arbres. Elle s'apprêtait à questionner Thanhir quand d'autres bruits parvinrent à ses oreilles. Des voix. Des rires. Le craquement d'un feu qui brûle.

« Des hommes, murmura Thanhir. Ils n'ont pas l'air de bouger, ils doivent être en train de camper. Je ne pense pas qu'ils soient là pour nous. Ils doivent seulement être de passage, mais mieux vaut prévenir que guérir. Rentrons au village et alertons les autres. Personne ne doit sortir tant que nous ne serons pas certains qu'ils soient partis. Allez, pressons-nous ! » ordonna-t-il en faisant demi-tour.

Les elfes obéirent sans discuter et emboîtèrent immédiatement le pas de leur chef. Les membres de la patrouille parvinrent rapidement au village et s'empressèrent de prévenir les habitants. Aussitôt leur mission remplie, Thanhir les rassembla dans sa hutte.

« Il nous faut être prudents, commença-t-il. Je ne veux prendre aucun risque pour la sécurité du village. Bam et Rhaena, postez-vous à l'entrée et empêchez quiconque de sortir. Jusqu'à nouvel ordre, nous sommes confinés ici. Les autres, assurez-vous que tous les habitants sont là et rassurez-les. Je ne veux pas qu'un vent de panique se propage. Si quoi que ce soit arrive… »

Thanhir fut interrompu par l'arrivée fracassante d'une elfe paniquée qui déboula dans la hutte. Le visage baigné de larmes, elle peinait à reprendre son souffle et eut besoin d'un moment avant de pouvoir s'exprimer.

« Calme-toi Ella, qu'est-ce qui ne va pas ? demanda le chef du village.

– C'est mon petit Tom… je ne le trouve nulle part… sanglota-t-elle. Je lui ai déjà interdit d'aller jouer dans la forêt, mais il n'en fait qu'à sa tête… je vous en prie, on ne peut pas le laisser tout seul… il faut le ramener… »

Thanhir réfléchit un instant, puis répondit d'un air peiné :

« Je suis désolé Ella, mais personne ne sortira d'ici. Tom devra se débrouiller tout seul. Mais tu n'as pas besoin de t'inquiéter, il connaît la forêt comme sa poche, tout ira bien.

– Mais s'il tombe sur les hommes…

– Quoi qu'il en soit, nous pouvons seulement croiser les doigts. La sécurité du plus grand nombre prime sur celle d'un seul individu.

– Comment peux-tu lui dire ça ! s'insurgea Rhaena. Ce n'est qu'un enfant, on ne peut pas le laisser dehors !

– Je ne mettrai pas notre village en péril ! Personne ne sortira. Je ne prendrai pas le risque que nous soyons découverts.

– Mais…

– C'est un ordre ! Jusqu'à preuve du contraire, je suis encore le chef de ce village ! Nous n'avons pas de temps à perdre dans de vaines discussions. Maintenant, que tout le monde rejoigne son poste, je vais rester un peu avec Ella. »

Rhaena obéit à contrecœur et se posta donc en compagnie de Bam à l'entrée du village. Ce dernier était un elfe un peu bedonnant, que le poids des années commençait à ronger.

« Ella faisait vraiment de la peine… mais bon, je pense que le chef a raison au fond, fit-il après un moment.

– Elle s'inquiète pour son fils. Et elle a raison. Les hommes sont capables du pire, Tom n'est pas en sécurité à l'extérieur.

– Tu as entendu Thanhir, sortir pourrait tous nous mettre en danger.

– C'est un choix à faire…

– Et le chef a fait le sien.

– Et moi le mien. Je suis désolée, ça n'a rien de personnel », lâcha Rhaena en se glissant derrière lui.

Elle assomma Bam d'un geste précis et cacha son corps inconscient derrière un large rocher, avant de le recouvrir de feuillage. La jeune fille était fermement résolue à ramener Tom au sein du village et emprunta donc sans perdre un instant le réseau de galeries. Elle rejoignit en un rien de temps la forêt et s'employa immédiatement à chercher le jeune garçon. Elle courait à travers les arbres lorsque son ouïe, plus développée que la moyenne, capta des éclats de rire juvénile sur sa droite. Sans réfléchir, Rhaena se précipita vers l'origine du bruit et déboucha rapidement sur une petite clairière. Insouciant, Tom, un elfe d'une dizaine d'années y était occupé à jouer gaiement avec un petit renard. Celui-ci prit peur à l'arrivée de la jeune fille et s'enfuit dans les fourrés avec un glapissement effrayé. Étonné, le petit garçon leva la tête, son regard innocent se posant sur la nouvelle venue.

« Tu lui as fait peur, lança-t-il en se relevant calmement.

– Désolée. Pour l'instant, viens avec moi, je te ramène au village, ta mère te cherche partout.

– Je m'ennuie au village. Il n'y a rien à faire, et les animaux sont trop craintifs pour s'en approcher.

– Ne discute pas, il y a des hommes dans la forêt et… »

Rhaena s'interrompit brusquement. Fixant un point dans les feuillages, elle sortit ses couteaux et clama d'une voix forte :

« Je sais que vous êtes là, inutile de vous cacher. »

Répondant à sa demande, un homme imposant sortit de derrière un arbre. C'était un véritable colosse qui dépassait Rhaena de plusieurs têtes. Une longue balafre traversait son visage de part en part, et une épée de belle facture pendait à sa ceinture.

« J'avoue être étonné que quelqu'un comme toi m'ait repéré, tonna-t-il après avoir reluqué la jeune fille des pieds à la tête. Tu feras sans doute de la bonne marchandise. Inutile de te préciser que tu ferais mieux de ne pas résister si tu tiens à la vie. Je te conseille de poser gentiment tes armes. »

Rhaena se raidit. Elle sentait la présence d'une dizaine d'hommes supplémentaires toujours tapis derrière les arbres. Elle n'aurait eu d'ordinaire aucun problème pour s'en débarrasser, mais la présence de Tom à ses côtés lui compliquait grandement la tâche.

« Ne t'éloigne pas de moi, souffla-t-elle au petit garçon. Je vais m'occuper d'eux, tu n'as rien à craindre.

– Je vois que tu as fait le mauvais choix… Attrapez-la ! vivante si possible ! » ordonna le colosse à ses acolytes.

Sans hésitation, ces derniers surgirent dans la clairière et se jetèrent sur la jeune fille. Celle-ci évita avec aisance son premier adversaire et lança d'un geste vif un de ses couteaux sur le suivant. Elle virevoltait au milieu de ses ennemis, ses lames tailladant la chair à une vitesse folle. Elle sentit soudain ses jambes se dérober sous elle. Un homme qu'elle avait mis au sol l'avait balayée, et se jeta aussitôt sur elle. Rhaena avait lâché son couteau dans sa chute et sentait les mains de son adversaire se resserrer sur sa gorge. Elle plaqua sa main sur le torse de l'homme. Un éclair en jaillit violemment, projetant sa cible en l'air avec une désagréable odeur de chair brûlée. La jeune fille jura intérieurement : elle n'avait pas prévu de faire étalage de sa magie devant qui que ce soit. Elle se releva avec agilité et tournoya pour faucher ses derniers ennemis qui mordirent à leur tour la poussière. Elle s'apprêtait à les achever lorsqu'un cri lui glaça le sang.

« Ne bouge plus ! » ordonna le chef des agresseurs.

Rhaena se retourna, et une lueur de peur traversa un instant son visage. Le colosse tenait fermement Tom complètement terrorisé d'une main, et plaquait de l'autre un couteau contre sa gorge.

« Si tu ne te rends pas tout de suite, il perdra la vie avant que tu n'aies fait un pas.

– Et si je me rends ?

– Je jure sur mon honneur de vous épargner tous les deux. Je crains que tu n'aies pas vraiment le choix de toute façon », conclut l'homme avec un sourire condescendant.

La colère envahit l'esprit de Rhaena, mais elle comprit rapidement que l'homme avait raison : elle avait perdu. Les enfants avaient toujours été son point faible. La jeune fille serra les dents et jeta rageusement son couteau au sol en fusillant son ennemi d'un regard noir.

« Libérez-le maintenant.

– Avec plaisir », répondit l'homme en tranchant avec un grand sourire la gorge du garçon, lequel s'écroula avec un air incrédule.

Rhaena poussât un cri de rage et tomba à genoux tandis que le désespoir l'envahissait.

« Vous aviez dit que vous nous épargneriez si je me rendais… vous l'aviez juré !

– J'ai juré sur mon honneur, ce que j'ai omis de te dire, c'est que cela fait bien longtemps que je n'ai plus une once d'honneur, ricana le colosse d'un air satisfait. Cet enfant était inutile pour mes affaires, tu as été bien naïve de penser que j'allais m'en encombrer. Assommez-la avant de l'enchaîner, poursuivit-il en se retournant vers ses hommes. Sa magie est dangereuse, je préfère ne pas prendre de risques. »

Rhaena n'eut même pas la force de se défendre, et tandis qu'une arme frappait sa tête avec un choc sourd, son instinct de survie prit le dessus sur son désespoir. Une dernière pensée traversa son esprit avant qu'elle ne perde conscience : quoi qu'il arrive, elle devait protéger son secret. C'était une question de vie ou de mort. Nul ne devait découvrir qu'elle était une ombre.

Chapitre 7 : Facettes

Au cours des six premiers mois que Liam passa à Rathdery, il ne faisait aucun doute qu'il prenait un réel plaisir aux cours proposés par l'Académie. Il semblait habité par une soif insatiable d'apprendre, et se démarquait de ce fait des autres étudiants par la fascination et l'application avec lesquelles il buvait les paroles des professeurs. Ces derniers en étaient naturellement ravis et certains n'hésitaient pas à le qualifier entre eux de « l'un des meilleurs élèves à qui ils avaient eu la chance d'enseigner ». Le fait qu'un grand nombre des professeurs étaient des experts reconnus à travers tout Lysarian montrait sans conteste à quel point il était talentueux. Brillant dans la plupart des matières, Liam ne s'en contentait pas et passait des heures entières à s'entraîner en dehors des cours, cherchant sans cesse à se perfectionner. Ses problèmes financiers prirent également fin lorsqu'il parvint finalement à trouver un emploi dans une petite boutique d'artefacts située dans le quartier ouest de la ville. Il fut pour cela quelque peu aidé par un de ses professeurs qui le recommanda vivement à la patronne, avec laquelle il entretenait des rapports amicaux. La vieille femme qui tenait le magasin avait de longs cheveux blancs et une peau marquée par le passage du temps. Mesurant à peine la moitié de la taille du jeune homme, elle était presque toujours d'humeur bougonne, mais Liam en vint tout de même à apprécier son caractère revêche. La façon qu'elle avait de toujours dire sans filtre ce qu'elle pensait et de remettre à leur place ceux qui l'importunaient, lui fit immédiatement gagner son respect. Et même si elle ne l'aurait jamais avoué, elle éprouvait sans doute également de l'affection pour lui. Il faut dire que Liam était de nature serviable, et se découvrit de plus une passion pour les artefacts. La boutique en vendait de toute sorte, des armes aux armures, en passant par des objets plus communs dont certains avaient une utilité toute relative. On y trouvait ainsi un livre qu'on ne pouvait lire que la nuit, ou bien encore une lance devenant invisible les soirs de pleine lune. La conception des artefacts nécessitait beaucoup de temps et d'énergie, si bien que même les plus basiques d'entre eux n'étaient déjà pas à la portée de la première bourse venue. Certains parmi les plus populaires atteignaient quant à eux des sommes absolument indécentes. Liam s'intéressait beaucoup à leur conception, et le cours de création d'artefacts de l'Académie devint donc rapidement son préféré. Il ne tarda pas à comprendre les bases de cette magie très particulière, consistant pour l'essentiel à insérer un sort dans un objet afin de l'utiliser ultérieurement de manière régulière. Cet art était cependant limité d'une part, par le niveau de puissance du mage que l'artefact ne pouvait en aucun cas dépasser, et d'autre part, par la capacité innée de celui-ci dans cet exercice. Les plus doués parvenaient ainsi presque à égaler leur propre puissance, tandis que la majorité n'atteignaient même pas un dixième de leurs capacités. Liam possédait sans aucun doute un talent extraordinaire dans ce domaine, stupéfiant ses professeurs par la vitesse à laquelle il arrivait à créer des artefacts pendant les travaux pratiques. Ce n'étaient cependant que des objets basiques, et le jeune homme se mit donc en tête de créer quelque chose qui lui permettrait de définir ses limites. Il entreprit tout d'abord de longues recherches. Il passait d'interminables heures dans la bibliothèque, soutenu par Lori et Temoe qui lui apportèrent volontiers leur aide dans son entreprise. Il trouva ainsi une multitude de conseils et d'astuces qu'il fut contraint de trier en fonction de leur importance et surtout de leur crédibilité, certains étant en effet totalement absurdes. Ses recherches finirent par le satisfaire et le jeune homme commença donc à enchanter son artefact. Il y passait ainsi des heures chaque jour, se rapprochant chaque fois un peu plus de son objectif. Après deux mois de travail acharné, l'objet fut enfin terminé. C'était une fine épée en eryl qu'il avait réussi à acheter en économisant ses premiers mois de salaire, et dont la lame affutée brillait de mille feux. Son pommeau était des plus simples, mais la main de Liam y prenait parfaitement place, lui permettant de la manier avec aisance. L'aspect de l'épée n'était cependant pas ce qui l'intéressait le plus. Lorsqu'il la prit pour la première fois en main, il eut l'impression que l'arme vibrait sous sa paume, comme si l'intégralité de son pouvoir était contenue à l'intérieur. Bien que Liam soit plutôt confiant en ses capacités, il ne s'attendait pas à un tel résultat. Ce fut donc avec un air assez satisfait qu'il présenta le fruit de ses efforts à ses amis qui le regardèrent comme s'ils avaient vu un monstre.

« Ouah, je savais que tu étais doué, mais pas à ce point-là ! s'exclama Temoe après un instant.

– Tu exagères un peu non ? demanda Liam presque gêné.

– Pas du tout, crois-moi, je m'y connais, mon père est vendeur d'artefacts. J'en ai vu passer beaucoup, et je peux t'assurer qu'aucun n'arrivait à la cheville de ton épée.

– Temoe a raison, tu as intérêt à y faire attention. C'est une épée digne d'un roi que tu as enchantée, intervint Lori. Si j'étais toi, je n'en ferais pas trop étalage, ça pourrait attirer la convoitise de certains.

– Ça doit valoir une fortune ! s'écria le cousin de la jeune fille. Tu comptes la vendre ?

– Non, je pense la garder, je n'ai pas besoin d'argent pour le moment, et je me dis que ça peut toujours servir d'avoir une bonne arme sous le coude. Et puis, c'est ma première création, c'est aussi un peu sentimental…

– Pfff, en tout cas, si tu veux un jour t'en débarrasser, je me ferai un plaisir de t'aider », lança le jeune homme en rigolant.

Liam atteignit ainsi l'objectif qu'il s'était fixé et put donc rediriger ses efforts vers d'autres compétences. En effet, bien que le jeune homme excellât dans une multitude de domaines, ce n'était pas une généralité absolue. La magie familière, qu'on appelait aussi magie non élémentaire, était véritablement sa bête noire. Malgré tous ses efforts, certains sorts lui opposaient une vive résistance, peu importe à quel point il s'employait à les maitriser. Ainsi, il n'arrivait entre autres qu'avec difficulté à faire voler un objet et se débrouillait à peine en sort de guérison. De nature perfectionniste, ces échecs répétés avaient le don de l'énerver prodigieusement, mais Liam dut se rendre à l'évidence : il ne possédait définitivement aucun talent dans ces domaines. Les honneurs dans cette catégorie revenaient à un grand mage de la nature, un peu lourdaud, mais qui parvenait avec une facilité déconcertante à effectuer les tâches les plus compliquées. Ce dernier s'appelait Thyr et venait d'une famille de bûcherons qui vivait non loin de la capitale. Liam l'avait déjà remarqué à plusieurs reprises mais n'avait jamais eu l'occasion de parler avec lui. Plutôt timide, Thyr ne se mélangeait pas aux autres étudiants et passait le plus clair de son temps en compagnie d'un grand nombre d'animaux qui ne le quittaient presque jamais. Liam eut plus d'une fois l'impression que le mage leur parlait et finit donc par aborder le sujet avec Lori.

« Ce n'est pas qu'une impression. C'est parce qu'il a un *unique,* répondit la jeune fille lorsqu'il lui posa la question.

– Un quoi ?

– Un *unique*. C'est un pouvoir spécial que certaines personnes possèdent. On l'appelle comme ça parce qu'en plus d'être extrêmement rare, il octroie des capacités à son possesseur que personne d'autre ne possède. Ça ne m'étonne pas que tu n'en aies jamais entendu parler. C'est tellement rare que seules peu de personnes en connaissent l'existence en dehors des mages. Thyr, par exemple, a le don de pouvoir parler avec les animaux, et il est le seul à pouvoir le faire.

– Ça a l'air génial ! fit Liam, enthousiasmé. Il faut s'y prendre comment pour en obtenir un ?

– Ce n'est pas si simple, ce n'est pas un pouvoir qui s'apprend, il faut naître avec. On ne sait pas grand-chose à propos des *uniques*, mais il me semble avoir lu dans un livre que moins d'un mage sur mille avait la chance d'en posséder un. En plus, ça ne suffit pas, il faut aussi qu'il s'éveille. On raconte que c'est un pouvoir qui apparaît uniquement quand son possesseur a vraiment besoin de lui. J'ai entendu des professeurs qui en parlaient, et apparemment, celui de Thyr s'est révélé lorsqu'il avait à peine cinq ans. Il s'était perdu dans la forêt en plein hiver, et aurait dû mourir de froid ou se faire dévorer par des animaux sauvages. Mais ses parents complètement paniqués l'ont vu revenir tranquillement sur le dos d'un cerf le lendemain matin. Il avait passé toute la nuit à s'entretenir avec les animaux qui s'étaient blottis contre lui pour le protéger du froid. Et depuis ce jour, il préfère leur compagnie à celle des humains.

– Eh bien, tu en connais des choses, remarqua Liam, un peu surpris par l'étendue du savoir de la jeune fille.

– Mon père tenait une bibliothèque, du coup j'ai lu pas mal de livres sur le sujet.

– Tenait ?

– Elle a été incendiée pendant une incursion d'hommes-bêtes quand j'avais treize ans, expliqua Lori, l'air un peu triste.

– Oh ! Je suis désolé.

– C'est bon, ça fait longtemps. J'ai été très triste quand c'est arrivé, mais je m'en suis remise depuis. Et puis, cette attaque n'a pas eu que des mauvais côtés, c'est à partir de ce

jour-là que mon père a commencé à m'entraîner au maniement de l'épée pour que je puisse me défendre. »

Effectivement, si Liam affichait un niveau plus que décent
pendant les cours d'escrime, Lori était en revanche assurément une fine lame. La jeune fille dominait totalement ses
adversaires, virevoltant et esquivant leurs attaques à une vitesse folle avant de les désarmer avec une facilité déconcertante. Ce qui avait réellement le don de provoquer le désespoir des étudiants d'origine noble qui avaient reçu une
éducation militaire depuis leur plus jeune âge. Elle parvint
même à tenir tête à Lett, dont l'arrogance n'avait pas dimi-
nué depuis le jour où l'Académie avait ouvert ses portes. Il
était considéré par beaucoup comme un prodige du combat,
et prit donc plutôt mal le fait qu'un roturier, qui plus est une
fille, parvienne à l'égaler. Il n'affronta pourtant Lori qu'une
seule fois, et le professeur qui jouait le rôle d'arbitre dut
mettre un terme à l'affrontement sur une égalité, tant les
deux adversaires étaient de force égale. Le visage de Lett
était alors devenu littéralement cramoisi, tandis que le
noble avait jeté son épée au sol avec rage, provoquant l'hilarité de Liam et Temoe qui avaient assisté au combat.

$$* * *$$

Ces six premiers mois ne furent cependant pas complètement idylliques, et un événement en particulier marqua profondément le jeune mage. C'était une journée ensoleillée, où le froid de l'hiver ne se faisait pas encore sentir. Le soleil était haut dans le ciel, et les rues de la capitale plus animées que jamais. Les marchands, pressés de vendre un maximum avant l'arrivée des premiers flocons de neige, proposaient leurs marchandises à des prix réduits, parfois même dérisoires. Une foule d'acheteurs sentant les bonnes affaires se jetaient ainsi sur les étalages, négociant âprement pour acquérir l'objet de leur désir au meilleur prix. Liam resta cependant insensible à l'agitation générale qui régnait en ville et ne s'arrêta que pour acheter un peu de nourriture qu'il rangea dans sa bourse magique. La vieille femme de la boutique où il travaillait la lui avait offerte en tant que récompense pour la qualité du travail qu'il fournissait. Le jeune homme en avait été enchanté et l'utilisait depuis régulièrement pour transporter ses possessions grâce à l'importante capacité de stockage de l'objet. Liam rentrait donc à l'auberge où il logeait, après avoir suivi son cours de la matinée consacré à l'impact énergétique des sorts sur l'utilisateur. Perdu dans ses pensées, il réfléchissait à ce qu'il venait d'apprendre sans prêter attention à ce qui l'entourait. Sans qu'il ne s'en rende compte, ses pas l'amenèrent dans les rues de la partie nord de la ville, qu'il avait déjà entrevue pendant sa visite de la cité en compagnie de Kebras. Lorsque Liam réalisa qu'il avait dévié de sa route par inadvertance, il s'était déjà enfoncé profondément dans le quartier. La pauvreté y était encore plus palpable qu'en périphérie. Les habitations se réduisaient pour certaines à des tentes en toile, et les rues, si on pouvait les appeler ainsi, étaient recouvertes par un mélange répugnant de boue et d'excréments. Le tout formait véritablement un contraste frappant avec la richesse et l'opulence du reste de la capitale. L'endroit était presque désert, mis à part quelques elfes encapuchonnés à l'air misérable, qui rasaient les murs en portant sur Liam un regard vide. Troublé, le jeune homme revint sur ses pas pour sortir du quartier quand soudain, un groupe d'enfants déboula en courant d'une rue perpendiculaire. Occupé à regarder derrière lui, l'un d'eux vint heurter le mage avec violence. Vieux d'à peine cinq années, le petit garçon rebondit et tomba dans la boue tandis que ses camarades s'arrêtaient à côté de lui. L'enfant se releva et tourna les yeux vers Liam pour s'excuser, mais d'un coup, se figea. Une expression terrifiée apparut sur son visage, pendant qu'il levait instinctivement les mains pour se protéger la tête. Constatant l'absence de réaction de Liam qui restait stupéfait, le jeune elfe recula en titubant vers ses compagnons. Un autre garçon plus âgé le prit dans ses bras en fixant Liam avec un air de défi. Les cinq enfants qui composaient le groupe présentaient un spectacle révoltant. Leurs haillons laissaient apparaître des corps qui n'avaient plus que la peau sur les os, tandis que leur sceau d'esclavage brillait d'une lueur sinistre sur leur poitrine. L'un d'eux arborait un œil au beurre noir, et plusieurs autres montraient des marques évidentes de violence. Si les plus jeunes semblaient apeurés, les autres jetaient au jeune homme un regard rempli d'une haine intense qui le marqua profondément. Reprenant ses esprits et se voulant rassurant, Liam s'accroupit et fouilla dans sa bourse pour sortir une petite miche de pain qu'il venait d'acheter, avant de la tendre aux jeunes elfes. D'abord méfiants, ces derniers hésitèrent, puis la faim qui les rongeait prenant le dessus, s'en emparèrent brusquement avant de s'enfuir en courant, sans un mot de remerciement. Le jeune homme, déconcerté, se releva en soupirant, avant de reprendre sa route. Lors de sa première visite, il n'avait pas pleinement réalisé à quel point les conditions de vie des elfes étaient déplorables. Mais ce qui lui fit assurément un choc fut sans aucun doute la haine intense qu'il avait lue dans les yeux des enfants. Il n'y avait jamais prêté attention auparavant, mais il surprenait à présent plusieurs des elfes qu'il croisait, à lui adresser le même regard. Liam s'extirpa donc du quartier l'esprit tourmenté, ne sachant pas vraiment que penser de tout cela. Il ne trouva pas le sommeil cette nuit-là. Le lendemain, il décida d'en parler à Temoe lorsque celui-ci l'interrogea sur les cernes creusés qui entouraient ses yeux.

« J'étais dans le quartier nord hier. Ce n'était pas la première fois, mais là, c'était différent. J'y ai croisé des enfants, dans un état épouvantable. Ils étaient à peine habillés, couverts de traces de coups, et si maigres que j'ai eu peur qu'ils ne s'écroulent. Et leur expression lorsqu'il m'ont vu... Ils nous haïssent Temoe, et le pire c'est que je peux les comprendre. Ils sont traités pire que des animaux là-bas...

– Je savais que les conditions de vie des elfes étaient catastrophiques, mais pas à ce point-là... Je n'y suis jamais allé, mais j'ai entendu des hommes qui en parlaient dans une taverne. Il n'y a que les plus faibles qui restent ici, principalement des vieillards et des enfants qui travaillent dans les champs autour de la ville. Les autres sont envoyés aux mines d'eryl et de sombre-acier dans les montagnes rouges, à l'est. Apparemment, leur traitement est pire encore là-bas. On les y exploite jusqu'à la moelle, et une fois qu'ils sont devenus inutilisables, on envoie ce qui reste d'eux à Valir, la ville où on trouve le plus grand marché d'esclaves d'Astiria.

– Je ne comprends pas pourquoi nos deux peuples se haïssent à ce point… Au fond, je n'ai pas l'impression que les elfes soient vraiment différents de nous. Ils vivent comme nous, éprouvent de la joie et de la tristesse comme nous, et ont des valeurs comme nous. En fait, mis à part leurs oreilles pointues, il n'y a presque pas de différences entre les elfes et les hommes.

– Ça suffit apparemment… Par nature, l'Homme a peur de ce qu'il ne comprend pas, et la peur engendre toujours la haine. Sans oublier le fait que les elfes ne sont pas les seuls à avoir des oreilles pointues. C'est aussi le cas des démons, et le souvenir de leur dernière invasion est encore vif dans les mémoires. Et je ne parle même pas de ceux qui ont perdu des proches pendant la révolte des ombres. J'ai peur que le fossé entre nos peuples ne soit trop grand pour être comblé.

– Si tout le monde voyait ce que j'ai vu hier…

– Même si ça arrivait, ça ne changerait rien, parce que les gens ont peur. Peur des elfes et peur d'avoir un aperçu de la misère qui pourrait être la leur.

– Je suppose qu'il y a des choses que l'on ne peut pas changer », soupira tristement Liam.

Depuis cette journée, le jeune homme ne parla plus à personne du quartier nord. Pourtant tous les matins, il s'y rendait avec un peu de nourriture dans sa bourse. Il ne revit jamais les enfants, mais déposa à chaque fois ce qu'il avait apporté derrière un petit rocher à proximité du lieu où il les avait rencontrés. Et à chaque fois la nourriture avait disparu le lendemain. Ce rituel devint quotidien pour Liam qui finit par l'accomplir presque machinalement, en venant presque à ne plus y penser. L'apprentissage du jeune homme à Rathdery se poursuivit ainsi sans autre changement. Les jours défilaient les uns après les autres, tandis que les capacités de Liam progressaient à une vitesse qui en aurait fait blêmir plus d'un.

Chapitre 8 : Espoir

Lorsque Rhaena reprit conscience, une douleur lancinante lui vrillait le crâne. Tout son corps lui faisait mal, si bien qu'elle avait la nette impression d'avoir été rouée de coups. Elle se redressa avec un gémissement, mais put à peine s'assoir avant de heurter les barreaux. Perdue, Rhaena jeta un regard autour d'elle. Elle se trouvait dans une petite cage exiguë, attachée à un chariot. De nombreux attelages similaires l'entouraient, composant un large convoi qui transportait divers prisonniers. Rhaena remarqua plusieurs elfes dans les cages voisines, ainsi qu'un imposant homme-bête. Il mesurait près de deux mètres, et n'était en rien différent d'un humain. Si l'on oubliait qu'il possédait une tête de taureau bien sûr. La cage était clairement trop petite pour lui, et il ne manquait pas de le faire savoir en frappant violemment les barreaux. Les chariots étaient dirigés par des hommes à l'allure peu recommandable, arborant pour la plupart de nombreuses cicatrices. Aucun ne portait d'armure, mais cela ne les empêchait pas d'être tous armés jusqu'aux dents. Rhaena entrevit l'homme qui l'avait capturée à la tête du convoi, et une vague de colère l'envahit aussitôt, tandis que les images du meurtre de Tom lui revenaient en mémoire. Elle analysa rapidement la situation : les hommes étaient près d'une centaine, mais elle se savait rapide, bien plus que n'importe lequel d'entre eux. Si elle parvenait à se libérer, elle était certaine de réussir à gagner la forêt qui bordait la route pour s'y cacher. Mais pour cela, il fallait d'abord qu'elle se débarrasse des chaînes qui liaient ses mains. Sans perdre un instant, la jeune fille passa à l'action. Elle s'assura que personne ne regardait dans sa direction, puis fit appel à sa magie. Un faible éclair apparut dans sa main, crachota puis… s'éteignit. Rhaena jeta un bref regard à ses chaînes et comprit immédiatement de quoi il en retournait. Cela n'augurait rien de bon, ses ravisseurs étaient manifestement des professionnels. Les liens qui la retenaient étaient composés d'un alliage de sombre-acier. Particulièrement onéreux, ce métal rare était très recherché pour sa capacité naturelle à absorber petit à petit la magie au contact de la peau. En acheter n'était évidemment pas à la portée du premier venu, mais c'était un accessoire indispensable pour parvenir à garder un mage prisonnier.

Rhaena comprit immédiatement qu'elle n'avait aucune chance de briser les chaînes et se résolut donc à attendre patiemment qu'une meilleure occasion se présente. L'homme-bête n'était cependant manifestement pas du même avis qu'elle. Probablement rendu fou par sa captivité, il se jeta de tout son poids contre les barreaux qui l'entouraient en poussant des mugissements de colère. La cage manqua de se renverser et d'emporter le chariot avec elle. L'homme balafré à la tête de la troupe ne s'en alarma pourtant pas le moins du monde, et leva simplement la main. Deux hommes armés de bâtons se précipitèrent aussitôt vers l'homme-bête. Sans une once de pitié, ils le frappèrent longuement dans un véritable déchaînement de violence, jusqu'à ce qu'il ne reste de lui qu'un tas de fourrure sanglant. Rhaena sentit un frisson lui parcourir l'échine et préféra détourner le regard de cet acte de sauvagerie. Non pas que ce sinistre spectacle lui était insupportable, elle avait en vérité déjà vu bien pire par le passé. Elle savait cependant par expérience qu'il valait mieux se montrer insensible et faire profil bas dans ce genre de situation, afin d'éviter de s'attirer les foudres de ses tortionnaires. Une fois leur besogne accomplie, les deux bourreaux remontèrent sur leurs chevaux et rejoignirent sans un mot leur place dans le convoi. Celui-ci poursuivit sa route, en apparence comme si rien ne s'était passé, mais les hommes semblaient néanmoins avoir atteint leur but. Un lourd silence pesait désormais sur les prisonniers. Le voyage ne dura pas longtemps, mais devint un véritable calvaire pour Rhaena. Le moindre mouvement un peu brusque du chariot projetait la fine jeune fille contre les barreaux de sa cage, ne lui laissant pas un instant pour se reposer. Ce fut donc couverte de contusions et épuisée que l'elfe aperçut enfin la destination du convoi. Le soulagement qui l'envahit d'abord se retrouva néanmoins vite remplacé par une onde de peur lorsqu'elle identifia la sombre ville qui se dessinait au loin. Rhaena aurait reconnu entre mille la sinistre silhouette de la ville de Valir, laquelle ne laissait aucun doute sur les intentions de ses ravisseurs. Toute l'économie de la cité était fondée sur le prolifique marché d'esclaves qui avait fait sa renommée. Une de ses missions avait autrefois conduit la jeune fille à s'y rendre, et cette expérience lui avait déplu au plus haut point. La loi semblait avoir abandonné la ville, véritable lieu de rencontre pour tous les brigands et malfrats d'Astiria. Le gouverneur chargé de l'administrer n'était qu'un pantin, car tous savaient que la ville était en réalité aux mains d'organisations criminelles qui se livraient de véritables guerres pour son contrôle. Cette zone de non-droit et la proximité des nombreuses mines dans les montagnes rouges avaient immanquablement poussé les marchands d'esclaves à s'y établir, faisant rapidement de Valir une place majeure de l'esclavage à Lysarian.

***

Les chariots traversèrent les étroites rues de la ville jusqu'à un imposant bâtiment d'aspect lugubre. Les hommes firent sortir les prisonniers des cages, et Rhaena pensa bien un instant à saisir cette occasion pour s'enfuir, mais le nombre et la posture menaçante de ses ravisseurs l'en dissuadèrent rapidement. Elle fut traînée en compagnie de ses compagnons d'infortune jusqu'à une porte dérobée à l'arrière du bâtiment. Poussée sans ménagement à l'inté-rieur de la structure, la jeune fille traversa un vestibule fai-blement éclairé, avant d'emprunter un sombre escalier qui descendait au sous-sol. Celui-ci débouchait sur un nombre important de cellules où les prisonniers furent jetés un à un. La nauséabonde odeur d'excréments qui y régnait saisit Rhaena à la gorge, manquant de la faire vomir. La jeune fille grimaça et jeta un coup d'œil à son lieu de détention. Particulièrement petits, les cachots laissaient à peine la place de s'allonger. Mis à part une couverture déchirée qui faisait office de lit, la cellule était complètement vide. Un trou à une des extrémités servait manifestement de toilettes, ce qui expliquait en grande partie les effluves répugnants flottant dans la prison. Rhaena poussa un soupir et s'allongea dans l'espoir d'obtenir un peu de repos. Malgré la dureté du sol, la jeune elfe trouva rapidement le sommeil.

✳✳✳

Elle fut réveillée en sursaut par le grincement métallique que fit la porte de sa cellule en s'ouvrant. Une jeune Tritérienne déposa une gamelle contenant une bouillie grisâtre à l'aspect peu appétissant et s'apprêtait à repartir lorsque Rhaena la retint.

« Attends ! Est-ce que tu peux me dire où je suis ?

– C'est la demeure de maître Crom, répondit-elle après une hésitation, le plus important marchand d'esclaves de Valir, et probablement un des hommes les plus riches d'Astiria.

– Je vois… Tu sais ce qu'il va faire de moi ?

– En général, les prisonniers restent ici plusieurs semaines le temps que le maître les dresse. Une fois qu'il considère que tu es de la bonne marchandise, tu participeras à une de ses ventes aux enchères et seras cédée au plus offrant. Je suis désolée, mais ne te fais pas d'illusion, ce qui t'attend est pire que la mort », conclut-elle avec une pointe de tristesse en refermant la porte de la cellule.

Les informations que venait de récolter Rhaena confirmaient ses pires craintes. Le dressage des esclaves était monnaie courante chez les grands marchands. Ces derniers maintenaient ainsi leur réputation en vendant des êtres dociles que toute envie de liberté avait quittés. Ces hommes se montraient en outre particulièrement prudents dans la gestion de leur marchandise, et la jeune fille doutait de réussir à s'enfuir avant qu'elle ne soit vendue. Une fois que le sceau d'esclavage lui serait apposé, celui-ci l'empêcherait de nourrir le moindre désir de révolte. Elle serait alors immanquablement condamnée à une vie entière de servitude. L'elfe ne céda pourtant pas au désespoir et concentra tous ses efforts dans le but de trouver une faille pour s'échapper. Elle observa avec attention le fonctionnement de la prison, en s'intéressant particulièrement aux patrouilles des gardes et à la structure du bâtiment. Elle fit ainsi profil bas pendant plusieurs jours, récoltant doucement des informations, pendant qu'un plan commençait doucement à germer dans son esprit.

* * *

Rhaena se lia rapidement d'amitié avec la jeune Tritérienne qui apportait les repas aux prisonniers. Celle-ci se nommait Mia, et bien qu'un peu timide au premier abord, elle était en réalité plutôt sympathique lorsqu'on arrivait à la mettre à l'aise. Comme tous les membres de son espèce, son visage était recouvert de fines écailles bleues, tandis que de longs cheveux blonds recouvraient en partie de petites branchies là où auraient dû se trouver ses oreilles. Les deux jeunes filles avaient de longues discussions quand l'occasion se présentait, ce qui permit à Rhaena d'obtenir les informations qui lui manquaient. Elle apprit ainsi nombre de choses sur le passé de Mia et sur sa vie en tant qu'esclave. La Tritérienne se trouvait sur un bateau avec sa famille lorsque celui-ci fit naufrage. Elle s'était alors échouée sur les rivages d'Astiria, et avait ensuite été

capturée par Crom alors qu'elle n'était encore qu'une enfant. Ce dernier avait décidé de la garder, et la jeune fille
servait ainsi comme esclave depuis plus de dix années au
sein de la prison. Elle passait ses journées à nettoyer le bâtiment et à nourrir les prisonniers, se retrouvant chaque soir
complètement éreintée. Ses conditions de vie étaient à
peine meilleures que celles des futurs esclaves, et son corps
portait les stigmates de la violence de son maître. Mia pouvait cependant circuler librement, et c'est là que Rhaena vit
une lueur d'espoir. Aussi profita-t-elle du passage journa-
lier de la jeune fille pour aborder le sujet.

« Supposons que je veuille sortir d'ici, quel serait le moyen
le plus sûr d'y arriver sans être vue ? lui demanda-t-elle à
mi-voix après l'avoir saluée.

– Je pense que le conduit d'évacuation serait théoriquement
le chemin le plus discret, son entrée se trouve dans une salle
un peu à l'écart, chuchota Mia après avoir jeté un regard
inquiet aux alentours. Mais y arriver tient de l'impossible,
deux gardes surveillent la prison nuit et jour.

– C'est vrai. En temps normal en tout cas. Les gardes sont
relevés chaque jour à l'aube, et c'est à ce moment qu'il y a

un court laps de temps où aucun n'est présent. C'est serré, mais c'est jouable.

— Attends tu es sérieuse ? Tu penses vraiment à t'évader ?

— Je n'ai pas l'intention de moisir ici Mia. Il y a encore des choses que je dois faire.

— Je crois que tu ne comprends pas bien… Il n'y aucun moyen de s'extirper d'ici ! Même si tu réussissais à sortir, tu n'aurais toujours aucune chance ! Ils ont des chevaux rapides et des lions des montagnes, ils te rattraperont et alors…

— Je ne dis pas qu'il n'y a pas de risques, mais le jeu en vaut la chandelle. Ça ne sert à rien de vivre comme ça, je préfère encore la mort à une vie de servitude.

— Tu dis ça parce que tu ne connais pas Crom comme je le connais. Même pour un humain, il est particulièrement cruel. Il ne te tuera pas, mais tu peux être sûre qu'il te fera regretter qu'il ne l'ait pas fait.

— De toutes les manières, tous les humains sont des monstres, ce n'est pas ça qui va me faire changer d'avis.

– Alors c'est un monstre parmi les monstres. Tu vois la balafre qui orne son visage ? Un jour un homme-bête a réussi à s'échapper, mais Crom s'est dressé face à lui, et avant que les gardes n'arrivent à intervenir, une corne lui avait déjà déchiqueté la face. Ses hommes allaient exécuter le fugitif, mais Crom les a arrêtés en disant qu'il s'en occuperait lui-même. Personne ne sait ce qu'il lui a fait, mais on a entendu l'homme-bête hurler pendant des jours. Ce n'étaient pas de simples cris de douleur. Je n'avais jamais entendu quelqu'un pousser des cris comme ça. Et de temps à autre, on entendait Crom rire joyeusement. Crois-moi, cet homme est un démon, il prend véritablement plaisir à faire souffrir les autres. S'il t'attrape, mieux vaut te suicider, conclut Mia en frissonnant.

– Ça tombe bien, je n'ai pas l'intention de le laisser m'attraper, sourit Rhaena.

– De toute façon, ton plan ne tient pas, ta cellule est fermée toute la journée, tu ne pourras pas en sortir.

– Sauf si tu m'ouvres la porte.

– Qu'est-ce que…

– Je ne te laisse pas ici Mia. Viens avec moi. De toutes les manières j'essaierai de m'enfuir, d'une façon ou d'une autre. Mais si tu m'aides, mes chances de succès augmenteront nettement.

– Je ne peux pas… tu ne sais pas ce qu'il m'a fait… il m'a brisée Rhaena !

– Et alors ? C'est comme ça que tu vois ta vie ? Tu comptes passer le restant de tes jours à servir cette ordure ? Personne ne viendra te libérer, c'est à toi de prendre les choses en main... Si tu veux goûter à la liberté, tu n'as pas le choix. »

Mia hésita longuement, un masque de peur plaqué sur son visage. Enfin, la jeune Tritérienne finit par répondre :

« Dans deux jours. Je laisserai ta porte ouverte en t'apportant à manger. Je ferai mine d'aller jeter les ordures, et je t'attendrai dans la salle d'évacuation. Ne sois pas en retard. Je te préviens, si tu te fais attraper, je dirai que je n'étais pas au courant.

– Merci, je te revaudrai ça. Fais-moi confiance, dans deux jours nous serons libres. »

Mia acquiesça et tourna les talons, laissant l'elfe dans l'obscurité de sa cellule.

***

Rhaena était allongée sur le sol. Des souvenirs parcouraient son esprit. Une grande bataille. Sa reine, son mentor, mais aussi son amie. Celle qui l'avait recueillie alors qu'elle n'était qu'une orpheline. Encerclée par des humains. La magnifique elfe couverte de sang et de blessures qui lui donnait l'ordre de s'enfuir. De ne pas abandonner. Qui lui criait qu'elle devait vivre. Qu'un jour viendrait où quelqu'un réussirait là où elle avait échoué. Elle se revoyait fuir le champ de bataille en pleurant et en se promettant de continuer le combat. Elle ne pouvait pas se permettre de vivre comme une esclave. Il lui restait encore un but dans sa vie. Et heureusement, le moment qu'elle avait patiemment attendu était enfin arrivé. Elle entendit le pas hésitant de Mia résonner contre les murs de la prison. La Tritérienne déposa la gamelle de nourriture et ressortit de la cellule sans adresser un seul regard à Rhaena. La jeune fille sourit dans le noir : Mia n'avait pas fermé la porte à clef. Il y avait encore de longues heures à attendre avant que l'aube ne

135

pointe, mais la prisonnière ne prit pas le risque de s'endormir. Elle resta sur le qui-vive, prête à passer à l'action en temps voulu. Rhaena sentait l'excitation monter progressivement. Sa seule hâte était de retrouver enfin la liberté, mais la jeune fille s'efforça néanmoins de rester calme et maître d'elle-même : elle n'avait pas le droit à l'erreur. Après une attente interminable, le moment propice arriva enfin. Les premiers rayons du soleil s'engouffraient dans la prison. Rhaena se redressa vivement. Elle enveloppa ses chaînes dans la couverture qui lui servait de lit pour en étouffer les grincements, et tendit l'oreille avec attention. Le son du pas régulier des gardes qui terminaient leur ronde parvint à ses oreilles. À son grand soulagement, ces derniers finirent par s'arrêter, puis, après un court instant, commencèrent à s'éloigner. Sans perdre de temps, Rhaena ouvrit prudemment la porte de sa cellule. Un bref coup d'œil circulaire l'assura que personne ne pouvait la voir. Avec légèreté, elle suivit le couloir, avant d'emprunter le sinueux escalier qui remontait à la surface. Par acquit de conscience, la jeune fille vérifia que la porte par laquelle elle était arrivée dans la prison était ouverte, mais sans surprise, celle-ci ne bougea pas d'un pouce. Ne s'attardant pas, Rhaena reprit sa progression. Elle n'avait jamais eu l'occasion de s'aventurer dans les étages supérieurs du bâtiment, et ses seuls repères étaient donc les descriptions que lui en avait faites Mia. Tendue, l'elfe avançait avec précaution, s'arrêtant au moindre bruit suspect. Le bâtiment était immense, et la jeune fille passa devant un nombre incalculable de pièces. Soudain, une lumière apparut au bout du couloir. Rhaena bondit immédiatement sur le côté et se cacha dans un renfoncement. La lueur venait dans sa direction. L'elfe grimaça : elle n'avait pas d'autre choix que de se débarrasser du gêneur. Elle le laissa arriver à sa hauteur, et reconnut en lui un serviteur à la pauvreté de la tenue qu'il portait. Sans lui laisser le temps de réagir, elle se jeta sur l'homme tout surpris, et le frappa derrière la tête à l'aide de ses chaînes. Sa cible s'écroula sans un mot, mais avec un bruit sourd qui fit frémir la jeune fille. La fugitive traîna rapidement le corps dans un coin, prit soin d'éteindre la torche de sa victime, et retourna à son évasion. Enfin, elle reconnut la salle que lui avait décrite Mia. Rhaena poussa doucement la porte et aperçut cette dernière qui l'attendait au centre de la pièce. Soulagée, la jeune fille s'avança. Mia lui tournait le dos et ne semblait pas l'avoir entendue rentrer. Rhaena la rejoignit, mais ce ne fut qu'au moment où la Tritérienne se retourna qu'elle comprit que quelque chose n'allait pas.

Un œil au beurre noir marquait le visage de l'esclave, et un torrent de larmes ruisselait sur ses joues.

« Je suis désolée, sanglota-t-elle. Il ne m'a pas laissé le choix…

– Effectivement, ricana Crom en sortant de l'ombre qui le dissimulait. Tu as parfaitement rempli ton rôle Mia. Maintenant va-t'en, je vais m'occuper de cette petite rebelle. Emmenez-la dans ma salle de jeu », ordonna le balafré aux gardes qui l'accompagnaient.

Sans demander son reste, Mia tourna les talons et prit ses jambes à son cou. Rhaena tenta de l'imiter, mais entravée par ses chaînes et submergée par le nombre, elle n'eut aucune chance. La dernière vision que la jeune fille eut avant qu'on ne l'emmène fut la lueur mauvaise qui brillait dans les yeux de Crom.

Chapitre 9 : Confrontations

La fin de la première partie de l'année fut marquée par l'annonce de la tenue du grand tournoi de Rathdery. Cet événement célébré tous les ans par l'Académie lui permettait de promouvoir ses méthodes d'enseignement et procurait aux jeunes mages une occasion en or de se mettre en valeur. C'était un véritable spectacle qui attirait des foules de curieux, mais aussi de puissants nobles et riches marchands recherchant la perle rare à recruter. Dans ces heures sombres où le royaume était marqué par la guerre et la famine, c'était une occasion immanquable pour les étudiants de se démarquer pour obtenir une situation confortable une fois leur diplôme obtenu. Aussi, dès que le directeur l'annonça, et bien que le tournoi ne dût pas avoir lieu avant un mois, toute l'Académie fut brusquement prise d'une frénésie générale. Les séances de cours dédiées au combat trouvèrent soudainement bien plus d'amateurs, tandis que l'arène d'entraînement devint occupée en permanence, de jour comme de nuit. De même, les professeurs se virent littéralement harcelés par les nombreux étudiants en quête de conseils. Liam et ses amis étaient bien évidemment tout aussi excités que leurs camarades, et se mirent donc également à préparer le tournoi. Tous trois habitués à s'entraîner dans la nature plutôt que dans un espace clos, les jeunes mages préférèrent s'exercer dans la forêt à l'extérieur de la ville plutôt que l'arène. En effet, celle-ci était parfois si remplie qu'on peinait à s'y déplacer sans percuter un autre combattant. L'inconvénient étant la non-possession d'équipements adaptés pour s'entraîner, Liam affronta à tour de rôle Lori et Temoe. La première ne parvenait cependant pas à l'approcher sans se faire toucher, tandis que le second voyait ses attaques se faire dévier avec une facilité déconcertante. Il fut donc décidé que Liam ferait face aux deux mages simultanément pour équilibrer les choses. Habitués à se battre ensemble, Lori et Temoe combattaient de façon parfaitement complémentaire. L'affrontement devint ainsi instantanément bien plus intéressant. Lori utilisait sa magie du vent pour accroître prodigieusement la vitesse de ses mouvements et attaquer Liam au corps-à-corps, pendant que Temoe protégeait sa cousine des attaques du jeune homme, tout en le harcelant sans cesse par ses propres offensives. Ils posèrent de nombreuses difficultés au jeune mage, qui ne manqua pas de mordre la poussière à plusieurs reprises. Liam ne s'en plaignait pourtant pas le moins du monde, bien au contraire. Les combats répétés qu'il livrait contre ses amis le forçaient sans cesse à dépasser ses limites, ce qui lui permettait de progresser à une vitesse impressionnante. Leurs entraînements étaient particulièrement intenses, et donc également très exigeants en énergie. Aussi, afin de ne pas avoir à suivre les cours dans un état d'épuisement total, les trois compagnons furent contraints de s'entraîner uniquement le soir. Ils étaient ainsi si occupés qu'ils ne virent pas le temps passer, et avant qu'ils ne s'en rendent compte, le jour du tournoi arriva.

***

L'événement eut lieu dans le colisée. Situé dans le quartier sud d'Eastania, c'était une immense arène vieille de trois cents ans, utilisée d'ordinaire pour toutes sortes de spectacles, allant des combats aux représentations théâtrales. Liam avait déjà admiré le splendide bâtiment mais n'avait jamais eu l'occasion de pénétrer à l'intérieur même de l'édifice, et encore moins d'en être un acteur. Accompagné par les autres élèves de l'Académie, ce fut donc avec une grande curiosité qu'il foula pour la première fois le sable de l'arène. Les étudiants entrèrent, d'abord un peu timides, sous les acclamations de la foule qui remplissait entièrement les larges gradins du colisée. De splendides statues aux visages des rois d'antan trônaient fièrement à leur sommet, portant des étendards aux couleurs de Rathdery qui battaient au vent avec fougue. La scène était grisante, et Liam sentit une étrange chaleur lui parcourir le corps tandis qu'il s'avançait en direction de la loge où se tenait le directeur de l'Académie. Celui-ci attendit que la clameur de la foule se calme avant de prendre la parole d'une voix puissante :

« Honorables citoyens d'Eastania, c'est un grand honneur pour moi de me tenir aujourd'hui devant vous. Depuis des décennies, l'Académie Rathdery rayonne par son prestige et par la qualité des mages qui y sont formés. De grands noms de l'histoire sont issus de nos rangs, des mages courageux et puissants qui ont servi loyalement le royaume. La génération de cette année est tout aussi prometteuse, et vous en fera sous peu la démonstration. Je proclame donc en ce jour l'ouverture de la quarante-sixième édition du grand tournoi de Rathdery ! » annonça l'homme aux cheveux bleus, tandis que les clameurs de la foule résonnaient dans l'enceinte du colisée.

« Pour ce qui est des règles, aucun changement majeur n'a été effectué par rapport aux années précédentes, reprit le directeur. Les mages s'affronteront sous forme de combats à élimination directe, jusqu'à ce qu'il n'en reste qu'un. Bien qu'une équipe médicale soit prête à intervenir à tout moment, je demande tout de même aux participants de faire preuve de maîtrise et de modération afin d'éviter dans la mesure du possible de causer des blessures importantes à leur adversaire. Sur ce, offrez-nous un beau spectacle, et que le meilleur gagne ! »

Sur ces mots, les étudiants quittèrent l'enceinte de l'arène pour se rendre sous les tribunes, afin de se préparer et d'attendre leur tour. Sans attendre davantage, les premiers qui eurent la chance d'être tirés au sort retournèrent aussitôt sous le feu des projecteurs. Les deux adolescents se firent face, puis au signal donné par le directeur commencèrent immédiatement leur combat. Les deux adversaires étant de force égale, celui-ci dura un certain temps, tandis que les sorts volaient dans les airs, pour la plupart bloqués ou esquivés par les jeunes mages. L'affrontement prit finalement fin lorsque l'un des participants parvint de justesse à esquiver un éclair, lequel alla s'écraser sur la barrière magique qui protégeait le public. Il riposta ensuite vivement par une cascade de flammes que son adversaire, surpris, ne put ni esquiver ni contrer à temps. Tandis que le perdant, un peu sonné, était évacué, Liam désigna à Lori un homme portant une somptueuse cape bleue, en pleine discussion avec le directeur dans la loge qui surplombait l'arène.

« Tu sais qui est l'homme là-bas ? Il n'a pas l'air d'un noble, et pourtant il est dans la loge et semble bien connaître le directeur.

– C'est le mage royal. Il est au service direct du roi, je pense qu'il est là pour le représenter pendant le tournoi. Il est assez connu, on dit qu'il est un des mages les plus puissants du royaume, si ce n'est le plus puissant. Il a accompli de nombreuses prouesses lorsqu'il était plus jeune, ce qui lui a permis d'atteindre ce poste malgré le fait qu'il soit d'origine roturière. Plusieurs nobles y étaient évidemment opposés, mais on raconte qu'aucun n'a osé exprimer ses réticences, probablement par peur de s'en faire leur ennemi.

– Ça a l'air d'être quelqu'un de plutôt impressionnant, répondit Liam d'un air un peu rêveur. Quand je vois le nombre de nobles aussi arrogants que Lett, je me dis que c'est un véritable exploit qu'il ait réussi à se hisser aussi haut par ses propres moyens.

– C'est sûr… Ah je crois que c'est à moi, fit la jeune fille en entendant son nom. J'espère que je ne vais pas faire n'importe quoi, je suis un peu stressée…

– Bonne chance… Et ne t'inquiète pas, tu vas très bien t'en sortir ! »

Lori acquiesça et rejoignit son adversaire au centre de l'arène. Comme l'avait dit Liam, la jeune mage n'avait effectivement aucune raison de s'inquiéter. Dès que le signal retentit, elle se jeta sur son adversaire, utilisant comme à son habitude sa magie pour décupler sa vitesse. Son opposant fut ainsi complètement pris au dépourvu. Elle esquiva avec facilité le pic de glace que ce dernier fit maladroitement jaillir dans sa direction, puis, arrivant au corps-à-corps, le frappa en pleine face et l'envoya valdinguer contre les bordures de l'arène. Rassurée, elle revint donc avec un grand sourire vers Liam et Temoe, fière d'avoir gagné aussi rapidement. Son cousin n'eut cependant pas le temps de la féliciter, car le hasard fit qu'il fut le prochain à être appelé. Son adversaire était un mage de la nature, réputé pour combattre de façon extrêmement défensive. Ce dernier ne tarda pas à démontrer que cette rumeur n'était pas infondée, car durant toute la durée de l'affrontement, il n'attaqua pas une seule fois, se contentant de contrer les assauts par des murs de roches qu'il faisait sortir du sol. Temoe était cependant habitué à avoir Liam pour adversaire, et étant moins puissant que lui, à trouver des moyens détournés pour l'atteindre. Il harcela son opposant de front, sans lui laisser un seul moment de répit, avant d'intercaler un sort dans son offensive, qu'il lança cette fois-ci en direction du ciel. Le jeune homme fit ensuite jaillir un vent particulièrement violent pour forcer son adversaire à se concentrer sur lui, adversaire qui fut extrêmement surpris lorsqu'une tornade le cloua au sol depuis les cieux, le forçant à abandonner.

Le combat de Liam fut le dernier du premier tour, et probablement le plus rapide. Son adversaire était une jeune fille qui avait quelques années de moins que lui. Le jeune homme l'avait déjà remarquée, pendant certains cours, à l'admiration qu'elle affichait pour le style de combat très particulier de Lori, qu'elle s'efforçait d'imiter. Liam sut donc parfaitement comment réagir face à son adversaire. Dès le début du combat, elle se jeta sur le jeune homme qui se contenta de tendre la main devant lui pour faire apparaître un mur électrique. La jeune fille vint s'y écraser violemment, avant de s'écrouler au sol, totalement sonnée. Le combat ne dura ainsi que quelques secondes, et Liam passa facilement le premier tour. À sa grande satisfaction, il n'avait consommé qu'une infime quantité d'énergie par rapport aux autres participants. Le tournoi se poursuivit toute la journée jusqu'au soir, ne prenant fin que lorsque le directeur annonça que les derniers combats se tiendraient le lendemain. Liam et ses compagnons avaient battu tous leurs adversaires sans trop de difficultés, et faisaient donc partie des quatre derniers participants en lice. Le dernier qualifié n'était autre que Lett. Les paroles du noble n'étaient apparemment pas exclusivement des vantardises, au vu de l'aisance avec laquelle il avait éliminé ses adversaires.

La journée touchant à sa fin, les étudiants commençaient à sortir du colisée lorsque Liam sentit soudain une main se poser sur son épaule et l'attirer à l'écart du groupe. Épuisé par le rythme infernal du tournoi, le jeune mage mit un certain temps à reconnaître l'homme qui lui faisait face. Celui-ci attendit que personne ne soit à proximité, gratifia Liam d'un regard perçant, puis lui adressa la parole d'une voix rassurante :

« Excuse-moi d'avoir à te parler de cette façon, mais je préfère être sûr que personne ne nous écoute. Permets-moi de me présenter : je me nomme Eadgar, et j'occupe actuellement le poste de mage royal à la cour du roi.

– C'est un plaisir de vous rencontrer Monseigneur, fit le jeune homme en inclinant la tête avec respect, un peu intimidé.

– Pas de ça avec moi, nous sommes entre nous, et je ne suis pas un noble. Appelle-moi juste Eadgar, ça suffira.

– Très bien, je tâcherai de m'en rappeler. Donc, vous souhaitiez vous entretenir avec moi ?

– Oh, rien de très important, disons simplement que j'avais une offre à te faire.

– Quel genre d'offre ?

– Du genre intéressante. Vois-tu, j'ai observé le tournoi. Nombre d'entre vous sont très doués, et j'ai vu beaucoup de belles choses. Mais ce sont tes combats qui m'ont le plus captivé. Tu n'utilises la magie pour te défendre uniquement lorsque tu ne peux pas éviter les attaques, tandis que tes offensives sont toujours construites de façon à optimiser tes dépenses d'énergie. Et, bien que tu aies montré une puissance bien supérieure à la moyenne, j'ai suffisamment d'expérience pour comprendre que tu ne t'es pas donné une seule fois à fond. Tout ça pour dire que je pense que tu as énormément de talent.

– C'est gentil de votre part, mais je ne vois pas trop où vous voulez en venir, répondit Liam en rougissant un peu.

– En t'épargnant les détails, disons que je te propose de rentrer à mon service, et donc au service du roi dès l'instant où tu auras ton diplôme. J'imagine que tu connais tous les avantages que cela t'offrirait.

– Je ne dirais pas que cela ne m'intéresse pas, mais je ne peux pas vous donner ma réponse maintenant, expliqua le jeune homme après un instant de réflexion. Mais j'ai tout de même une question.

– Oui, bien sûr, n'hésite pas, à quoi penses-tu ?

– Eh bien, votre proposition est certes intéressante, mais j'avoue ne pas comprendre pourquoi elle nécessite d'être exprimée à l'abri des oreilles indiscrètes. »

Eadgar hésita un instant, puis répondit :

« C'est à cause du duc Corvis. Je sais qu'il recrute actuellement un nombre important de mages, et je ne tiens pas à ce que tu tombes également dans ses filets.

– Si c'est ce qui vous inquiète, bien que je ne puisse pas vous donner ma réponse tout de suite, je peux en revanche vous assurer que je ne rejoindrai pas le duc. Je l'ai déjà aperçu, pendant un bref moment certes, mais suffisamment longtemps pour me rendre compte que ce n'est pas le genre de personne que j'apprécie.

– Voilà qui est rassurant. Eh bien, je ne vais pas te retenir plus longtemps dans ce cas. Si tu décides d'accepter ma proposition, n'hésite pas à en faire part au directeur, c'est un bon ami, il saura me faire parvenir le message. Sur ce, je te souhaite bonne chance pour demain et à une prochaine fois. Je suis sûr que nous nous reverrons sous peu », conclut le mage en s'éloignant.

Sur ces mots, Liam se pressa de rejoindre ses compagnons qui l'attendaient devant le colisée.

« Alors tu étais où ? l'interpella Lori.

— On commençait à croire que tu étais déjà passé, appuya son cousin en souriant.

— Désolé, je discutais avec le mage royal…

— Sérieusement ? Et alors il était comment ? demanda Temoe.

— Spécial. C'est sûr qu'il dégage une aura particulière, mais il avait quelque chose de plus. Je ne sais pas si c'était sa façon de s'exprimer ou autre chose, mais en parlant avec lui, je me suis senti à la fois rassuré d'un côté et en danger de l'autre.

— Et il te voulait quoi ? interrogea à son tour Lori.

— Il a proposé de me prendre à son service une fois que j'aurai mon diplôme.

« – Rien que ça ! Et tu penses accepter ?

– Je ne sais pas trop, il faut encore que je réfléchisse. Mais pour être honnête, l'idée d'avoir à servir quelqu'un ne m'enchante pas vraiment.

– Ça peut se comprendre, appuya Temoe. Mais une chance comme ça ne se présente qu'une fois dans une vie. Prends ton temps, mais quand tu feras un choix, assure-toi que c'est le bon.

– Merci, en tout cas, ça m'a fait du bien d'en parler avec vous, je ne savais pas trop quoi en penser. Bref, je vous laisse, je suis épuisé. À demain, salua Liam tandis que le petit groupe passait devant l'auberge où il résidait.

– À demain, et tâche de ne pas trop y penser. Je ne voudrais pas que ça te serve d'excuse quand je te battrai au tournoi, répondit Temoe en souriant.

– Ça ne risque pas ! » répliqua Liam avant de pousser la porte de l'auberge.

Le lendemain, le tournoi reprit de plus belle. Les spectateurs étaient encore plus excités que la veille, et les paris allaient bon train pour savoir qui allait remporter cette quarante-sixième édition. Les quatre derniers participants n'étaient pas en reste, et avaient eux aussi hâte d'en découdre, si bien que la tension était palpable. Le sort décida cette fois que Liam combattrait en premier, et que Lori lui ferait face. Les deux amis se souhaitèrent bonne chance, puis pénétrèrent dans l'arène sous les acclamations de la foule occupant les gradins. Dès que le signal fut donné, Liam fit une chose à laquelle Lori ne s'attendait pas. Il courut vers elle. Surprise par ce changement de style soudain, la jeune fille recula maladroitement mais se reprit vite, et parvint à éviter de justesse l'attaque de son adversaire. Elle riposta aussitôt, forçant Liam à se mettre sur la défensive, parvenant ainsi à l'immobiliser. Lori sentit son adversaire vulnérable et rassembla toute son énergie pour la libérer d'un coup sous la forme d'une tornade qui frappa le jeune homme et le projeta en l'air. Celui-ci se releva avec difficulté, en s'appuyant sur le sol, et Lori en profita pour l'attaquer de plus belle. Elle le harcela ainsi sans relâche, jusqu'à l'acculer dans un coin de l'arène. Elle s'apprêtait à lui donner le coup de grâce, quand soudain, Liam claqua des doigts. Une cage faite d'électricité apparut aussitôt à l'endroit exact où se tenait la jeune fille. Cette dernière, prise au piège, resta un moment interloquée, puis soupira :

« Je me disais aussi, c'était trop beau. Tu m'as bien eue en tout cas. Je me rends », poursuivit-elle en levant la main, tandis qu'un tonnerre d'applaudissements éclatait dans l'arène.

Il faut dire que la magie était certes une affaire de puissance, mais également d'ingéniosité. Aussi, dès que Liam s'aperçut que sa première stratégie avait échoué, le jeune homme s'était immédiatement adapté à la situation. Feignant d'être en difficulté, il s'était laissé projeter en l'air, et en avait profité pour placer un piège en se relevant. Il ne lui resta ensuite plus qu'à y attirer la jeune fille et à activer la cage à l'instant propice. Cette dernière, bien qu'un peu boudeuse au début, ne lui en tint pas rigueur et le félicita copieusement pour sa victoire. Ils n'eurent cependant pas le temps d'en discuter outre mesure car l'affrontement suivant se profilait déjà. Le combat qui opposait Temoe à Lett fut néanmoins bien moins impressionnant que le précédent. Les deux mages s'affrontèrent avec violence. Aucun n'était prêt à lâcher une once de terrain. L'opposition prit cependant fin de manière plutôt grotesque lorsque Temoe esquiva de justesse une attaque de son adversaire mais perdit l'équilibre et chuta dans le sable. Lett ne lui laissa pas le temps de se relever et le cloua aussitôt au sol, le forçant à abandonner.

« Fais-moi plaisir Liam, grommela Temoe en sortant de l'arène, gagne contre ce lâche, ça lui fera du bien.

– Ça ne risque pas d'arriver, l'interrompit Lett en se pavanant fièrement. Je vais t'écraser comme la vermine insignifiante que tu es. Tu peux me croire, tu n'as aucune chance d'en sortir vainqueur.

– Eh bien allons-y alors, les actes valent toujours mieux que les paroles », rétorqua Liam en pénétrant dans l'arène.

Son adversaire lui emboîta le pas avec colère, et les deux mages se firent face. Les spectateurs sentaient la tension qui émanaient des deux participants, si bien qu'un silence pesant régnait dans les tribunes. Comme pour leur donner raison, le combat s'engagea avec une extrême intensité. Chacun mettait toute sa force dans les sorts qu'il lançait, ces derniers venant se briser l'un contre l'autre au centre de l'arène. La foudre rencontrait la glace dans un combat où toute ingéniosité avait disparu, pour n'être plus qu'un simple choc de puissance. Aucun des participants n'était prêt à abandonner la partie et à voir la satisfaction apparaître sur le visage de son adversaire. Après de longues minutes, l'affrontement semblait pourtant enfin arriver à son terme. Les éclairs de Liam se rapprochaient à chaque fois un peu plus de leur cible. La sueur perlait sur le front de Lett qui était contraint de reculer, épuisé et de plus en plus en difficulté devant les assauts répétés de son opposant. Liam sentait le parfum de la victoire se rapprocher et décida qu'il était temps de mettre un terme au combat. Il rassembla ce qui lui restait de puissance, et d'un geste vif, fit jaillir un puissant éclair qui frappa son adversaire en plein cœur. Lett fut projeté en l'air et retomba lourdement au sol. Inanimé. Le jeune homme, le visage tourné vers le ciel et les yeux clos, était totalement immobile. Terrifié à l'idée d'avoir blessé ou même pire, d'avoir tué son adversaire, Liam se précipita à son chevet. Il prit le pouls du jeune homme et eut un instant de soulagement. Celui-ci était tout à fait régulier. Trop régulier. Tout à coup, Lett ouvrit les yeux et chuchota en souriant d'un air mauvais :

« Je t'avais prévenu. Un roturier comme toi ne battra jamais un noble. »

Liam n'eut pas le temps de réagir. Il ne vit pas l'éclat de glace qui vint transpercer son flanc. Il ne vit pas le sang couler. Il ressentit simplement une vive douleur. Ses jambes le lâchèrent. Il s'écroula au sol. Sa vision se troubla tandis qu'un voile noir passait devant ses yeux.

Chapitre 10 : Légende

Liam gisait sur un sable qui se teintait petit à petit de rouge. Durant un bref moment de flottement, un lourd silence tomba sur le colisée. Puis un cri strident retentit dans l'air et Lori se précipita en direction de son ami. Comme si un signal avait été donné, toute l'arène se prit d'une soudaine agitation. Des protestations et des huées s'élevèrent des tribunes, tandis que l'équipe de soins emboîtait le pas de la jeune fille. Liam avait le corps transpercé de part en part par un éclat de glace. Grièvement blessé, il fut aussitôt évacué de l'arène pour recevoir les premiers soins. Et pendant que les guérisseurs remplissaient leur office, Lori se tourna brusquement vers Lett qui regardait la scène d'un sourire narquois.

« Je vais te tuer ! » cracha-t-elle en se jetant sur lui.

Elle saisit le garçon à la gorge, et les deux adolescents roulèrent au sol. Les autres étudiants eurent les plus vives difficultés à les séparer, et ne parvinrent finalement à leurs fins qu'après plusieurs minutes de lutte acharnée. Le visage de Lett était néanmoins déjà complètement tuméfié. Les deux mages continuaient à s'insulter avec véhémence, et il fallut les isoler pour éviter qu'ils ne s'étripent. Sous le choc, plusieurs spectateurs regardaient avec effroi la large traînée rouge qui tachait le sol de l'arène. D'autres exprimaient à vive voix leur mécontentement, le tout formant un chaos total. Il arrivait régulièrement que des blessures apparaissent pendant les combats, mais ce n'étaient en général que quelques égratignures sans gravité. De plus, la façon dont Lett avait agi pour remporter la victoire avait eu le don de provoquer l'hostilité de la foule. Le directeur dut donc prendre la parole pour tenter de calmer les esprits :

« Votre attention s'il vous plaît. Je demande à tout le monde de reprendre sa place. Je suis sûr que ce qui vient d'arriver n'est qu'un regrettable accident. Nos équipes médicales sont en ce moment au chevet du blessé, il est inutile de s'inquiéter outre mesure. Concernant le tournoi, nous devons encore délibérer avant d'en désigner le vainqueur, que nous annoncerons sous peu. Quoi qu'il en soit, je vous remercie d'avoir assisté au tournoi de Rathdery, et espère que vous avez malgré tout apprécié le spectacle. »

Les spectateurs grommelèrent quelque peu, mais l'allocution du directeur eut au moins le mérite de faire redescendre la tension. Le tournoi de Rathdery prit donc fin sur ces mots d'apaisement.

Dès qu'on le leur permit, Lori et Temoe se précipitèrent vers l'infirmerie. Ils manquèrent de renverser l'homme à l'air fatigué qui en sortait, lequel les arrêta lorsqu'ils tentèrent de le contourner.

« Vous ne pouvez pas rentrer. Il est vital que le blessé puisse se reposer en paix.

— Il va s'en sortir alors ? demanda Lori.

— Peut-être, répondit l'homme en soupirant. La gravité de sa blessure nous a contraints à refermer totalement la plaie, mais je ne sais pas si son corps résistera au contrecoup. Vous pourrez lui rendre visite à partir de demain. S'il passe la nuit. Ne vous tracassez pas outre mesure, se rattrapa-t-il en voyant l'air alarmé des deux adolescents. J'ai fait du bon travail, et il est plutôt robuste. Je pense qu'il a de bonnes chances de survie.

– Très bien, merci pour tout, répondit Lori, un peu soulagée.

– Pas de problème, je ne fais que mon devoir. Maintenant, si vous le permettez, tout ceci m'a épuisé, je vais aller me reposer un peu. »

Lori et Temoe acquiescèrent, et non sans lancer un dernier regard vers la porte de l'infirmerie, finirent par emboîter le pas de l'homme pour se diriger vers la sortie.

***

Liam resta plusieurs jours inconscient. D'abord aux portes de la mort, il survécut de justesse à ses blessures. Car si la magie permettait d'accélérer grandement le processus de guérison, cela n'était pas sans conséquences. Soigner une blessure importante trop rapidement pouvait parfois épuiser le corps au point d'entraîner la mort. Liam dormit ainsi pendant un temps qui parut une éternité à ses amis. Ces derniers lui rendaient visite chaque jour dans l'espoir de le voir ouvrir les yeux, et leur assiduité finit par être

162

récompensée. Au troisième jour qui suivait le tournoi, ils trouvèrent Liam éveillé en pénétrant dans sa chambre. Ses deux amis se jetèrent aussitôt dans ses bras, et après un petit moment Lori lui glissa :

« Je suis vraiment contente que tu ailles bien. Quand j'ai vu la mare de sang autour de toi, alors que tu ne bougeais plus…

– Ne t'inquiète pas, tout va bien maintenant, répondit Liam. Désolé de vous avoir causé du souci.

– Tu n'as pas à t'excuser, c'est ce lâche, il n'aurait jamais pu te battre à la loyale…

– Elle a failli l'étrangler après que tu aies été évacué, expliqua Temoe avec un sourire en coin.

– Et j'aurais dû ! Il a failli tuer Liam !

– C'est bon Lori, ça ira. Je suppose que je n'aurais pas dû lui faire confiance, c'est tout. Et le tournoi, ça s'est fini comment ?

– Le directeur a fini par proclamer Lett vainqueur. Il n'a pas eu le choix, il n'y a rien dans les règles qui interdise de blesser son adversaire ou d'agir par traîtrise, répondit Temoe.

– Je vois, c'est dommage…

–Tu méritais de le gagner ! Tu étais bien meilleur que lui, cet imbécile ne sait rien faire d'autre qu'attaquer de front, s'insurgea Lori.

– N'en parlons plus, ça ne sert à rien de revenir là-dessus, observa Liam avec sagesse. Je suis encore un peu faible, mais je n'en peux plus de rester dans ce lit, il faut que je bouge. J'ai envie de faire un tour en ville, ça vous dit ?

– Pourquoi pas, la cérémonie du solstice d'hiver se tiendra bientôt, on aura peut-être l'occasion d'en voir les préparatifs, acquiesça Temoe.

– D'ailleurs, on ne t'en a pas parlé, mais l'Académie organise une excursion dans la forêt noire la semaine prochaine, pour ceux qui veulent assister au rituel, rapporta Lori.

– On devrait y aller, il paraît que c'est plutôt impressionnant, fit Liam avec enthousiasme.

– Je n'y vois pas d'inconvénient. Tu devrais avoir récupéré d'ici là, appuya Temoe.

– Bon eh bien c'est décidé alors. Pour le moment, profitons-en pour aller voir les préparatifs, il faut vraiment que je sorte d'ici. »

Ses amis acquiescèrent et le petit groupe se rendit donc aussitôt en ville. Cependant, à leur grande déception, mis à part quelques mages portant d'inhabituelles capes blanches, ils n'aperçurent aucun autre signe sortant de l'ordinaire. Cette sortie permit toutefois à Liam de se dégourdir les jambes, même s'il eut plusieurs fois besoin d'être soutenu par ses amis pour se tenir debout. Les trois compagnons se séparèrent lorsque la nuit commençait à tomber, et Liam prit la direction de son auberge. Sur le chemin, son regard fut cependant attiré par un vieux conteur entouré d'une foule de curieux. Intrigué, Liam se rapprocha et tendit l'oreille pour écouter les paroles de l'homme.

« Il y a plusieurs siècles, les démons envahirent notre monde, racontait-il. Une faille qui liait notre monde au leur apparut un jour au plus profond de la forêt noire, et une multitude de ces ignobles créatures s'en déversèrent. Avec leurs oreilles pointues et leurs yeux rougeoyants, ils ressemblaient à de véritables monstres. Ils étaient de plus dotés d'une puissante magie noire qui surpassait de loin la nôtre. Les démons ravagèrent tout sur leur passage, brûlant les villes et tuant les habitants sans la moindre pitié. Femmes, enfants ou vieillards, ils ne laissaient pas de survivant derrière eux. Aucune armée ne réussissait à les arrêter, et leur victoire semblait inévitable. Des failles similaires apparurent peu à peu dans tous les royaumes de Lysarian, et bientôt, tout le continent fut la proie des flammes. Les dirigeants de chaque nation firent alors un choix. Ils se réunirent dans ce qu'on appelle aujourd'hui le conseil de l'espoir, et d'une seule voix, proclamèrent leur alliance dans le but de vaincre les démons. Ils transformèrent leurs nombreuses armées en une puissance unique, et ce choix s'avéra payant, car petit à petit, les forces de ce monde parvinrent à repousser les démons dans le leur. De nombreux grands mages de cette époque se rassemblèrent alors, et lancèrent le plus puissant sort de l'histoire de Lysarian. Ils s'aidèrent pour cela d'un objet mystérieux qu'ils cachèrent ensuite dans un endroit inconnu de tous. Tous les passages furent détruits sauf un. La faille originelle était invulnérable et résista à cette tentative. Les mages décidèrent alors de la sceller pour que jamais plus elle ne puisse être utilisée. Leur pouvoir perd cependant en puissance avec le temps qui passe, et doit chaque année être renforcé pour éviter qu'une nouvelle guerre avec les démons n'éclate. Cette légende s'est transmise de génération en génération, et voici pourquoi chaque année le rituel du solstice d'hiver continue à avoir lieu. »

L'homme termina son récit sous les applaudissements des spectateurs, et salua ces derniers avant de sauter de son piédestal et de se fondre dans la foule. Cette histoire avait attisé la curiosité de Liam, et ce fut donc avec la hâte de voir le rituel que le jeune homme rentra à l'auberge.

***

Quand le jour attendu arriva, le jeune homme trépignait littéralement d'impatience. Après tout, assister à la mise en œuvre d'un rituel vieux de plusieurs centaines d'années n'était pas un spectacle que l'on pouvait voir tous les jours. Il se rendit donc de bonne heure à l'Académie Rathdery pour y rejoindre la dizaine d'étudiants participant à l'excursion. L'un des premiers sur place, il n'eut pas à attendre bien longtemps, probablement car les autres membres du groupe étaient tout aussi enthousiastes. Lori et Temoe arrivèrent ainsi seulement quelques minutes après lui. La dernière personne qui se montra fut sans surprise la professeure qui avait organisé l'excursion. C'était par ailleurs également celle qui avait fait passer son examen d'entrée à Liam, Dame Swithka. D'un tempérament plutôt froid, elle enseignait habituellement les sorts de grande ampleur, et arborait ce matin-là une tignasse grise particulièrement désordonnée. D'origine noble, elle avait préféré enseigner son savoir plutôt que d'accepter le mariage avec le seigneur influent proposé par sa famille. Cette dernière avait évidemment tenté de lui imposer cette union, mais Dame Swithka était une femme au caractère bien trempé, très puissante, et si passionnée par la magie que ses proches avaient fini par se résigner. Elle avait ce matin-là une mine fatiguée, mais une légère lueur d'excitation brillait néanmoins dans ses yeux. Le groupe ainsi complet se mit en route sans plus tarder en direction de la forêt noire. Les étudiants eurent tôt fait de s'extirper de la capitale, et après avoir marché quelques heures d'un bon pas, arrivèrent enfin à l'orée de la forêt. Le nom de cette dernière ne venait apparemment pas d'un quelconque aspect sinistre, et Liam supposa donc que cela devait plutôt être dû à la place majeure qu'elle avait occupée pendant la guerre contre les démons. En effet, la vie fourmillait sous l'ombre des arbres

168

majestueux qui bordaient la route, si bien qu'une multitude d'animaux de toutes sortes croisèrent le chemin du petit groupe. Alors que le soleil était haut dans le ciel, les voyageurs arrivèrent dans une clairière au milieu de laquelle se trouvait un petit étang, dont la surface était entièrement recouverte de fleurs de nénufars. Le cadre étant idyllique et le rituel ne devant pas avoir lieu avant le soir, Dame Swithka accepta d'y faire une pause. Liam et ses amis, enchantés, s'étendirent sous le feuillage d'un arbre pour profiter du calme ambiant.

« Ça me rappelle la maison, fit Lori après un instant. Il y avait un endroit semblable à côté de chez moi, on y allait souvent avec Temoe.

– C'est vrai qu'il y a une ressemblance, approuva ce dernier. J'en garde pas mal de bons souvenirs d'ailleurs. Surtout la fois où tu étais tombée dans l'eau.

– Tu m'avais poussée !

– J'avais trébuché, je n'avais pas fait exprès ! Et si je me souviens bien, tu m'as quand même fait la tête pendant trois jours après ça.

– Tu l'avais mérité, mes parents étaient furieux quand ils m'ont vue rentrer trempée !

– Qu'est-ce qui vous a poussés à quitter votre village finalement ? demanda Liam d'un ton curieux.

– Hum, eh bien on a tous les deux découvert nos pouvoirs assez jeunes, du coup on a eu le temps de réfléchir à ce qu'on voulait faire, commença Lori. On n'habitait pas loin de la frontière avec les hommes-bêtes, et on s'est dit que c'était important que l'on devienne plus forts pour pouvoir protéger notre famille en cas de pillage.

– Le plus dur a été de convaincre nos parents de nous laisser partir pour la capitale. Ceux de Lori étaient plutôt d'accord, mais j'ai dû harceler les miens pendant des semaines entières pour qu'ils y consentent », précisa Temoe en riant.

Liam avait déjà eu l'occasion de parler à ses amis de la façon dont ses parents avaient perdu la vie. Lori et Temoe, qui ne voulaient pas réveiller les blessures fraîchement cicatrisées, ne lui posèrent donc pas la moindre question sur les raisons qui l'avaient poussé à partir de chez lui. Les trois compagnons discutèrent ainsi de tout et de rien pendant un petit moment, jusqu'à ce que leur professeure invite les étudiants à se rassembler pour reprendre la route. Cette petite halte faillit les mettre en retard, si bien que le groupe arriva sur le lieu du rituel à l'instant précis où celui-ci était sur le point de commencer. Les étudiants se pressèrent de rejoindre les quelques curieux qui avaient fait le déplacement et observèrent avec attention la scène se déroulant sous leurs yeux.

***

Une petite dizaine de mages vêtus de tuniques blanches formaient un cercle autour d'une imposante structure en pierre. Celle-ci semblait dessiner une sorte de porte, et la faible lumière du soleil couchant éclairait les quelques écritures incompréhensibles gravées dans la roche. Le temps ne l'avait pas épargnée, et de larges fissures fendaient la pierre à de multiples endroits. Les mages semblaient se concentrer et levèrent doucement leurs mains vers la porte. Un halo de magie vint envelopper leurs corps. D'abord timide, celui-ci grossit de plus en plus, avant de s'élargir jusqu'à lier les mages entre eux. Brusquement, un jet de lumière vint frapper la structure et recouvrir sa surface. La pierre commença à luire au point de devenir

éblouissante, dégageant du même coup une quantité phéno-
ménale d'énergie. Tout à coup, un rayon en jaillit vers le
ciel, et l'espace d'un instant, le passage s'ouvrit. Tous eurent alors pendant quelques secondes la vision d'un monde
rocailleux, que toute vie semblait avoir abandonné. Le rituel touchant à sa fin, les mages baissèrent leurs mains et
en profitèrent pour essuyer la sueur qui perlait sur leur
front. La lumière décrut jusqu'à disparaître totalement,
quand soudain, un mage s'écroula. Une flèche était plantée
profondément dans son dos. Sans crier gare, l'enfer s'abattit alors sur le lieu du rituel. De toutes parts, des flèches
jaillissaient des fourrés, frappant sans distinction mages et
spectateurs. La panique s'empara aussitôt des étudiants.
Certains se mirent à hurler, d'autres essayèrent de s'enfuir,
mais un grand nombre d'hommes d'armes firent leur apparition pour leur faire obstacle. À leur suite venaient des soldats habillés de capes sombres qui lançaient d'innombrables sorts sur l'assistance. Dame Swithka reprit
rapidement ses esprits et terrassa d'un geste vif le groupe
d'hommes le plus proche, avant d'engager le combat avec
un mage ennemi. Les étudiants survivants l'imitèrent, et la
forêt noire se transforma bientôt en un véritable champ de
bataille. De nombreux corps gisaient déjà sur le sol, tandis

qu'une pluie ininterrompue de sorts et de projectiles fendait les airs. Les mages blancs faisaient partie des premières victimes du carnage. Déjà épuisés par le rituel, les attaquants semblaient les avoir ciblés en priorité, probablement en les considérant comme la principale menace. On ne leur avait ainsi pas laissé l'ombre d'une chance. La situation n'allait pas en s'améliorant. Toujours plus d'ennemis sortaient des buissons, et les défenseurs commencèrent rapidement à être débordés. Utilisant des armes en eryl, la façon de combattre des assaillants était caractéristique de professionnels rompus aux batailles. Ils encerclaient un par un leurs adversaires, protégés par leurs mages, pendant que les archers continuaient à cribler la clairière de flèches.

Liam esquiva de justesse une boule de feu qui passa à un cheveu de sa tête. Son épée à la main, il transperça un fantassin avant de terrasser un groupe d'archers d'un puissant éclair. Lori et Temoe se battaient à ses côtés, couvrant ses arrières et lui permettant ainsi de se concentrer pleinement sur ses adversaires. Dame Swithka combattait quant à elle trois mages simultanément. Elle en projeta un en l'air et transforma le second en torche humaine. Elle se retournait pour faire face au dernier quand son visage se crispa. L'homme qui venait de la poignarder lâchement dans le dos retira son arme à l'instant précis où la professeure l'enveloppait d'un torrent de flammes. Cette dernière grimaça en pressant sa blessure, mais le mage qu'elle affrontait ne lui permit pas de se reprendre et fit jaillir une pluie de glace dans sa direction. Incapable de se défendre, Dame Swithka fut transpercée de part en part, au grand désespoir des étudiants. Liam serra rageusement les dents et se jeta sur le meurtrier. Il le frappa de ses éclairs, encore et encore, jusqu'à finir par briser les défenses magiques de l'homme et à l'achever. La situation devenait néanmoins catastrophique. Le chaos était omniprésent aux quatre coins de la clairière, mais il était évident que seule la défaite se profilait. Le jeune homme contra avec difficulté un sort qui frappa violemment le bouclier qu'il venait d'ériger, le forçant à mettre un genou au sol. Un de ses camarades tomba à sa droite, transpercé par une flèche. Une autre fut écrasé sous ses yeux par un bloc de roche. Il entendit soudain un cri derrière lui. Repoussant ses adversaires, il se retourna et vit Lori fondre sur un groupe d'ennemis aux pieds desquels gisait un corps sans vie. Les larmes montèrent aux yeux du jeune homme lorsqu'il reconnut Temoe, mais il était maintenant trop loin pour intervenir. Ce n'était pas le cas de Lori qui entra dans une fureur incontrôlable. La jeune fille bondit au milieu du groupe sans se soucier de sa sécurité. Tous ceux qui l'approchaient étaient emportés par la tornade qui l'entourait, projetés dans les airs comme des fétus de paille. Mais la mage fit l'erreur de s'enfoncer trop loin dans les lignes adverses et se retrouva bientôt encerclée. Un sort la frappa. Puis un autre. Et encore un autre, la clouant sur place. Liam se précipita dans sa direction. Il ne prêtait plus aucune attention aux derniers étudiants qui tombaient autour de lui. Mais il était loin. Trop loin. Lori croisa son regard. « Fuis ! » lut-il sur ses lèvres à l'instant où un torrent de flammes la dérobait à sa vue. Liam s'arrêta brusquement, interloqué. Il regarda autour de lui. Entouré de cadavres, il était le seul encore debout. Plusieurs dizaines d'ennemis l'encerclaient. Un sort le frappa et le jeune homme fut projeté au sol. Il regarda avec désespoir le ciel au-dessus de lui. Il allait donc mourir ainsi. Il n'y avait plus rien à faire. Ses amis, ses camarades, Dame Swithka. Tous étaient morts, et il n'allait pas tarder à les rejoindre. À quoi bon lutter pour retarder l'inévitable. Résigné, il ferma doucement les yeux, lorsqu'un rictus douloureux déforma son visage. Non. Il n'avait pas le droit. Il avait travaillé trop dur pour s'arrêter maintenant. Une immense colère s'empara brusquement de tout son être. Soudain, il la revit. La même lueur que le jour de la mort de ses parents. Elle grandissait à mesure que sa haine s'amplifiait. Ce monde lui avait tout pris, tout ce à quoi il tenait. La lueur grossit davantage. Il avait été idiot. Idiot de croire qu'il pouvait se contenter de subir passivement. À chaque fois que quelque chose était arrivé, il avait continué à vivre en se voilant la face. Ses parents étaient morts, mais il n'avait rien fait pour les venger. Les conditions de vie des elfes d'Eastania l'avaient choqué, mais il s'était simplement donné bonne conscience en leur apportant un peu de nourriture, et finalement il n'avait encore rien fait. La lueur devenait maintenant éclatante et commençait à prendre forme. Pas cette fois. Non, il ne le permettrait pas. Il n'allait pas se contenter de subir encore les événements. Il n'allait pas mourir aujourd'hui. Les meurtriers de ses amis allaient rejoindre leurs victimes. Il les tuerait tous, jusqu'au dernier. Et il ne s'arrêterait pas là. Ce monde pourri de l'intérieur refusait de le laisser vivre heureux ? Eh bien soit, dans ce cas, il allait le détruire. Il le réduirait en cendres. Comme la première fois, il sentit la chaleur envahir son corps, et le dos de sa main droite se mit à le brûler. La lueur devint aussi étincelante que le soleil, mais cette fois, Liam ne détourna pas le regard. Il la fixa, et vit enfin la forme qu'elle prenait. Un phénix flamboyant se tenait devant lui, fouettant l'air de ses ailes splendides. L'animal magique le regarda un instant dans les yeux, puis fondit brusquement sur lui avant d'être complètement absorbé par sa main.

***

Liam rouvrit les yeux. Il se releva calmement, libéré de tous ses doutes. Les hommes qui l'encerclaient reculèrent avec surprise, et une expression terrifiée traversa le visage de nombre d'entre eux. Liam rayonnait littéralement de puissance. Tout son corps était entouré d'un halo de feu et le dos de sa main droite était à présent orné par un phénix aux ailes déployées. Le visage froid et la lueur meurtrière qui brillait dans les yeux du jeune homme ne laissaient aucun doute sur ce qui allait suivre.

« C'est impossible ! s'exclama un des hommes. C'est un mage de foudre, il ne devrait pas être capable d'utiliser le feu !

– Ça doit être un *unique,* répondit celui qui semblait diriger l'escouade. Encerclez-le, mais restez prudents, on ne connaît pas l'étendue de sa capacité.

– Peu importe, on est bien plus nombreux ! » clama un autre.

Liam ne laissa pas à ses ennemis le temps de délibérer, et d'un geste de la main, emporta une dizaine de soldats dans les flammes. Ceux qui se jetèrent sur lui connurent aussitôt le même sort. Certains choisirent de fuir, mais s'écroulèrent un à un, frappés par une véritable pluie de feu. Bientôt, seul le commandant fut encore en vie. Debout au milieu des cadavres de ses hommes, il fixait Liam d'un air incrédule.

« Pitié ! fit-il en se jetant à genoux. J'ai une femme et des enfants, je ne mérite pas de mourir comme ça, je ne fais que suivre les ordres !

– Les ordres de qui ? » demanda Liam d'un ton calme mais autoritaire.

L'homme hésita un instant, comme mesurant les conséquences de sa réponse, puis répondit :

« Nous sommes des soldats d'Anrid. Nous avions reçu pour ordre d'attaquer les mages isolés pour les empêcher de rejoindre le front. Je vous en supplie, laissez-moi partir, je me suis rendu », supplia le commandant.

Liam lui laissa à peine le temps de finir sa phrase avant de le réduire instantanément en cendres. Sans un regard derrière lui, le jeune mage tourna les talons et s'enfonça dans la forêt. Il avait un objectif clair et il se débarrasserait de quiconque se mettrait en travers de son chemin. Ce jour-là naquit la légende de celui qu'on surnommerait plus tard le phénix. L'homme qui allait détruire le monde.

Chapitre 11 : Abîme

Les gardes traînèrent Rhaena sans ménagement jusqu'à une petite salle isolée à l'autre bout du bâtiment. La lourde porte qui en barrait l'entrée semblait particulièrement épaisse, au point que les hommes durent s'y mettre à deux pour l'ouvrir. Ils mirent la jeune fille à genoux et l'attachèrent à un pilier avant de sortir sans un mot de la pièce. Rhaena resta de longues minutes seule à ruminer son échec et à se maudire pour sa négligence. Elle n'eut cependant pas le loisir de s'interroger sur ce qui l'attendait : la décoration de la salle parlait d'elle-même. De longues chaînes pendaient du plafond, certaines encore teintées d'un rouge sinistre. Une table remplissait le reste de la pièce, recouverte d'une multitude d'instruments de torture. On y trouvait des lames de toutes les formes, divers types de fouets et d'autres outils du même genre. Chacun était plus effrayant que le précédent. Malgré ses années d'expérience en tant qu'ombre, Rhaena n'avait jamais vu auparavant nombre d'entre eux. Malheureusement, leurs fonctions pouvaient être aisément devinées. Enfin, Crom entra dans la salle, mettant fin à son attente. Il la fixa dans les yeux, silencieux, mais avec un sombre sourire au coin des lèvres. Après un instant, l'homme finit par daigner lui adresser la parole.

« Tu aurais pu réussir, mais tu as été bien naïve de faire confiance à Mia. Cette idiote m'appartient corps et âme. Elle est totalement incapable de me mentir. Je n'ai même pas eu à lui poser de questions pour qu'elle me dévoile votre ingénieux petit plan. Tu n'es pas la première à essayer de m'échapper, et tu ne seras sûrement pas la dernière. À vrai dire, je crois que ça me plaît de voir l'espoir briller dans vos yeux lorsque vous êtes convaincus que vous avez une chance de sortir d'ici. Mais ce que je préfère, c'est l'expression que vous affichez quand vous comprenez que vous avez perdu, et que tout est fini. En vérité, je trouve ça plutôt divertissant, murmura Crom en commençant à jouer avec un long fouet en cuir. Je dois bien avouer que j'adore vraiment entendre les hurlements de mes jouets et le bruit des os qui se brisent sous mes coups.

— Vous êtes complètement malade, cracha haineusement Rhaena.

– Ça me blesse tu sais. Après tout, toi et les tiens n'êtes qu'une engeance des démons. Je ne vois pas ce qu'il y a de mal à ce que je vous punisse un peu. Vous devriez même me remercier de vous laisser la vie sauve. Mais ne t'inquiète pas, je ne compte pas t'abîmer outre mesure, tu es le genre de marchandise qui se vend bien sur le marché. Oh, ne te fais pas d'illusion, tu vas souffrir abominablement, mais rien d'irréversible, je tiens à ce que tu restes présentable. Il faut néanmoins que je commence par supprimer ce petit air mutin de ton visage. Comprends-moi, je suis connu pour ne jamais délivrer des produits défectueux à mes clients.

– Parce que vous pensez y arriver…

– Je n'ai aucun doute sur ce fait. J'ai déjà maté d'innombrables rebelles, et ils pensaient tous à tort qu'ils parviendraient à résister. Sois sûre que je vais te briser. Et comme les autres avant toi, la seule pensée qui traversera encore ta petite tête sera de me servir et d'accomplir le moindre de mes désirs. Bien maintenant, si tu n'y vois pas d'inconvénient, je propose que nous commencions. Ce n'est pas que ça m'ennuie de parler avec toi, mais j'ai un délicieux petit déjeuner qui m'attend. »

Contrairement à ses paroles, Crom ne semblait pas le moins du monde pressé par le temps. Il se délectait véritablement de la panique qu'il infligeait à sa victime, jouant avec elle comme un enfant joue avec un insecte avant de l'écraser. Sans crier gare, il leva le fouet qu'il tenait en main et l'abattit d'un geste brusque sur les épaules de la jeune fille. Rhaena poussa bien malgré elle un gémissement étouffé au contact des lanières contre sa peau. Elle serra les dents, déterminée à ne pas offrir à son tortionnaire le plaisir de sa douleur. Les marques écarlates laissées par l'instrument étaient atrocement douloureuses, mais elle s'efforça de ne rien laisser paraître. Loin d'adoucir son supplice, cela mit au contraire Crom en rage. Il leva de nouveau le fouet et l'abattit avec une force décuplée. Tous les muscles de l'elfe se tendirent sous l'effet de la douleur, mais aucun son ne traversa cette fois ses lèvres. Alors il continua. Obstiné, le balafré ne capitulait pas et semblait au contraire pris de folie. Il frappait son corps sans relâche ni retenue. Totalement à sa merci, elle n'avait d'autre choix que d'encaisser et de subir silencieusement. Tout ce qui lui restait était l'espoir que son supplice prenne fin rapidement. Rhaena sentit la fine peau de son dos se déchirer. Le fouet s'abattait encore et encore sur la chair mise à vif avec une vitesse et une force démente. L'elfe finit par perdre la notion du temps. De larges filets de sang coulaient le long de ses flancs, formant au sol une flaque dont l'envergure devenait inquiétante. Tout son être criait de douleur. Rhaena sentit sa vision s'obscurcir peu à peu. Elle ne percevait plus rien de ce qui l'entourait, seul subsistait la brûlure insoutenable de son dos. Enfin, la jeune fille perdit conscience.

***

Quand Rhaena revint à elle, l'elfe était de retour dans sa cellule. Allongée face contre terre, elle était complètement vidée de ses forces. La jeune fille voulut se relever, mais renonça aussitôt à cette idée lorsque la peau de son dos se tendit en lui arrachant un gémissement douloureux. Elle appréciait pour une fois la faible température de l'endroit qui allégeait quelque peu sa douleur. Sa chair mise à vif la brûlait atrocement au contact de l'air, ne lui accordant pas la moindre accalmie dans sa souffrance. Une rivière de sang séché parcourait son corps, comme une preuve de la sauvagerie dont elle avait été victime. La jeune fille poussa soudainement un cri en sentant un tissu parcourir son dos. Dans un état second, elle n'avait pas remarqué la présence de Mia à ses côtés. Elle eut instinctivement un mouvement de recul, mais se résigna bien vite devant l'état déplorable dans lequel elle se trouvait. La Tritérienne nettoya le corps de la suppliciée, qui se mordit les lèvres jusqu'au sang pour retenir un hurlement de douleur. Son dos n'était qu'une plaie ouverte, et le moindre contact parcourait son corps comme un électrochoc. Après plusieurs minutes, Mia rompit enfin le silence.

« Je suis vraiment désolée, sanglota-t-elle l'air un peu craintif. Je ne voulais pas te trahir…

– Pourtant tu l'as fait, répondit Rhaena d'un ton froid.

– Et tu as le droit de me haïr pour ça. Mais tu ne sais pas ce qu'il m'a fait… C'est un monstre. Il m'a brisée, réduite en morceaux. Je ne suis plus que l'ombre de celle que j'ai été auparavant. Je m'étais habituée à cette vie, j'avais fini par perdre toute envie de liberté. Et puis tu es arrivée. Tu m'as redonné de l'espoir. Pendant un instant, je me suis mise à imaginer autre chose. Je voulais y croire, et j'étais déterminée à réussir. Pourtant, lorsqu'il a posé ses yeux sur moi, mon corps s'est tétanisé, et j'ai été incapable de lui mentir. Avant que je ne m'en rende compte, les mots avaient franchi mes lèvres. Tu n'aurais jamais dû avoir confiance en moi… Je t'ai menée à ta perte. Tu ne peux même pas imaginer à quel point je m'en veux.

– Tu n'es pas entièrement fautive, observa Rhaena, un peu adoucie. J'ai été négligente, j'ai sous-estimé l'influence qu'il avait sur toi. Mais ce qui est fait est fait, mieux vaut tourner la page. Je ne te hais pas si c'est ce qui t'inquiète.

– Tu ne comprends pas… Crom est une bête sauvage, une fois qu'il a senti l'odeur de sa proie, il ne la lâche plus. Il t'a repérée comme étant une source de problèmes, il ne te laissera maintenant plus jamais tranquille. Il te détruira, et fera de toi un être servile sans la moindre personnalité. Et quand il se décidera enfin à te vendre, il ne restera plus rien de toi.

– J'en ai vu d'autres, je m'en sortirai. Il me suffit de tenir jusqu'à ce qu'on m'achète, et je serai hors de sa portée.

– Les choses ne sont pas si simples. Ce n'est pas la première fois que cela arrive, et je n'ai encore vu personne parvenir à lui résister plus de quelques jours. C'est sa triste spécia-lité, il est passé maître dans l'art de soumettre ses esclaves. Et même si tu réussissais là où tant d'autres ont échoué, tu ne serais pas à l'abri pour autant. Nombre des acheteurs réguliers de Crom ne valent pas mieux que lui, et n'auront pas les mêmes considérations pour te garder en bon état.

– Tu as décidément un don pour remonter le moral, ironisa Rhaena. J'ai bien compris que ma situation n'était pas utopique, mais la personne pour qui j'avais le plus de respect m'a enseigné à ne jamais abandonner, à toujours garder espoir quelles que soient les circonstances. J'ai encore une mission à accomplir, et je ne me suis toujours pas résignée à vivre le restant de mes jours en tant qu'esclave. J'ai confiance, quoi qu'il arrive, je m'en sortirai.

– Je te le souhaite sincèrement. Si tu y arrives, tu auras réussi là où j'ai échoué. »

Rhaena savait qu'elle aurait dû être en colère après la trahison de Mia, mais elle n'arrivait pourtant pas à ressentir autre chose que de la pitié. Après tout, elle n'était elle aussi qu'une victime de la monstruosité de Crom.

✳✳✳

Rhaena s'aperçut rapidement que les avertissements de la Tritérienne n'étaient pas exagérés. Durant les jours qui suivirent, son tortionnaire ne lui accorda pas le moindre répit. Malgré l'état de la jeune fille, il semblait prendre un malin plaisir à lui infliger les pires tortures, sans jamais qu'une once de pitié ne vienne l'effleurer. Le balafré ne cherchait pas le moins du monde à la punir ou à obtenir de quelconques aveux. Son seul objectif était de réussir à briser intégralement l'esprit de la jeune elfe. L'absence de résignation qu'il avait lue en elle avait le don de le rendre complètement fou, et l'avait conduit à se charger lui-même de cette tâche habituellement confiée à ses subalternes. Un rythme infernal s'installa ainsi pour Rhaena. Son tortionnaire la réveillait chaque matin dès l'aube, et la traînait sans ménagement jusqu'à la pièce qu'il appelait sa salle de jeux. L'homme semblait doté d'un véritable talent pour imaginer de nouveaux moyens plus horribles les uns que les autres afin de torturer la jeune fille. Il passait ainsi chaque jour plusieurs heures à infliger les pires tourments à cette dernière, fouettant, tailladant et frappant son corps sans relâche. Rhaena serrait cependant courageusement les dents, et jamais un cri ne lui échappa. L'elfe à moitié inconsciente était ensuite rendue à l'obscurité de sa cellule. Mia en profitait pour nettoyer ses plaies et tentait de la réconforter, mais ne pouvait malheureusement pas soulager sa douleur. Celle-ci ne quittait jamais Rhaena. Ses blessures avaient à peine le temps de se refermer que déjà une nouvelle séance de torture venait les rouvrir, et que de nouvelles marques faisaient leur apparition sur son corps. Malgré les résolutions qu'elle avait prises et son entraînement d'ombre, Rhaena sentit sa détermination flancher à plusieurs reprises. Elle se reprit cependant à chaque fois, s'accrochant à sa haine comme à une corde pour ne pas sombrer dans la folie. Plus les jours passaient, et plus la jeune fille semblait se renfermer sur elle-même, faisant abstraction de tout ce qui l'entourait.

Ce supplice n'arriva à son terme qu'au bout de deux interminables semaines. Rhaena le comprit immédiatement lorsqu'elle eut la surprise de ne pas être réveillée par le sourire mauvais de Crom, mais par deux de ses hommes aux airs renfrognés. Ces derniers l'emmenèrent dans une cour extérieure où ils la nettoyèrent en silence, l'aspergeant sans délicatesse avec un bac d'eau glacée. Ne s'étant pas lavée depuis ce qui lui semblait une éternité, Rhaena apprécia malgré tout ce moment. On lui redonna un aspect presque convenable, avant de la conduire jusqu'à l'entrée du bâtiment où elle fut enfermée en compagnie des autres prisonniers. Un immense soulagement s'empara de la jeune fille. Bien que loin d'être tirée d'affaire, elle allait enfin échapper aux sévices de Crom. Les futurs esclaves restèrent ainsi plusieurs heures sous le soleil brûlant, sans une goutte d'eau pour se désaltérer. Alors que la chaleur devenait intolérable, Crom finit pas se décider à sortir du bâtiment. Mia le suivait de près, et adressa un maigre sourire à Rhaena avant de trottiner derrière son maître. Sans un regard pour les prisonniers, celui-ci enfourcha son cheval et donna le signal du départ. Ses hommes, réactifs, s'exécutèrent sans tarder, et les chariots se mirent aussitôt en branle. Malgré l'étroitesse de sa cage, Rhaena se surprit à apprécier le trajet. Elle n'était pas sortie de la prison depuis plusieurs semaines, et le souffle du vent sur son visage était particulièrement agréable. Le passage du convoi attira la curiosité des passants, nombreux à s'arrêter pour l'observer. Même si ce genre de spectacle était monnaie courante à Valir, il était rarissime de voir autant d'esclaves être transportés pour une unique vente. La réputation de Crom n'était pas usurpée, et nombre de nobles et riches bourgeois venaient de tout le pays pour assister aux énormes enchères qu'il proposait. Après avoir traversé les rues de la ville, le convoi arriva enfin à destination. Une imposante estrade avait été dressée en plein centre de la ville, et une foule d'acheteurs et de curieux attendaient déjà avec impatience l'ouverture des enchères. Sans perdre de temps, les hommes firent sortir les prisonniers de leur cage et les attachèrent à l'arrière de la scène, sur les poteaux prévus à cet effet. Crom se plaça au centre de l'estrade et s'adressa à l'assistance :

« Mes chers amis, je vous remercie de vous être déplacés pour assister à cette exceptionnelle vente aux enchères. Ceux qui me connaissent savent déjà que je mets un point d'honneur à toujours vous présenter de la marchandise d'une qualité sans pareille. Vous allez évidemment pouvoir vous en assurer sous peu. Je suis sûr que vous trouverez tous votre bonheur parmi la large variété d'esclaves que je vous propose aujourd'hui. Sur ce, je ne vous fais pas languir davantage, et vous présente sans plus tarder notre première pièce. »

L'homme fit un signe de tête à Mia, laquelle s'empressa aussitôt de faire avancer un homme-bête imposant au centre de l'estrade. Celui-ci avait le regard éteint et n'exprima pas une once de rébellion.

« Cet esclave est un homme-bête en provenance du pays barbare de Sungroc, reprit Crom d'une voix forte. Il est vigoureux et vous sera utile aussi bien pour des tâches physiques qu'en tant que garde du corps. La vente commence à trois pièces d'argent. »

Tandis que les acheteurs enchérissaient, Mia se rapprocha discrètement de Rhaena.

« Tu passes en dernière position, Crom veut faire de toi le clou du spectacle, lui souffla-t-elle. J'espère que tu auras de la chance et que tu seras achetée par un maître correct.

— Pas autant que moi, soupira l'elfe. Tu as une idée de qui ça pourrait être ?

— La plupart sont des acheteurs réguliers. Je sais que Crom a prévu de te vendre très cher, donc je n'en vois que deux qui pourraient suivre. Celui en bleu, à droite, est un riche marchand. Il demande un rude travail à ses esclaves, mais il les traite décemment, ce serait une bonne chose qu'il t'achète.

– Et l'autre ?

– Lui c'est différent, grimaça la Tritérienne en désignant un homme habillé d'une belle tunique rouge. C'est un noble cruel qui organise de lentes mises à mort pour divertir ses invités. S'il t'achète, tu peux considérer que tu es déjà perdue.

– Voilà qui est réjouissant… »

Les prisonniers défilèrent ainsi un par un sur l'estrade, et Rhaena fut bientôt la dernière restante.

« Pour conclure cette sublime vente, j'ai l'honneur de vous présenter là une marchandise exceptionnelle, déclara Crom tandis que Rhaena avançait sur l'estrade. Cette elfe splendide est également une formidable guerrière, et je dois bien vous avouer que j'ai eu quelques difficultés à la capturer. Mais ce n'est pas tout, elle est également capable d'utiliser la magie. »

Un murmure parcourut l'assemblée : trouver un esclave doté de magie était très rare.

« Pour cette vente unique, nous commencerons les enchères à une pièce d'or.

– Deux, fit aussitôt l'homme en bleu.

– Deux et cinquante pièces d'argent », renchérit l'homme en rouge.

Les prédictions de Mia s'avérèrent fondées, seuls ces acheteurs semblaient avoir les moyens de dépenser une telle somme. Les deux hommes se livrèrent ainsi bataille pendant plusieurs minutes.

« Cinq ! s'exclama le marchand.

– Six pièces d'or ! contra le noble.

– Sept ! »

L'homme en rouge réfléchit un instant, puis sûr de lui, annonça :

« Dix pièces d'or ! »

Un murmure parcourut l'assistance devant l'importance de la somme. Le marchand hésita, puis répondit à contrecœur :

« C'est trop pour moi. Je m'arrête là. »

Rhaena sentit son sang se glacer à l'idée de ce qui l'attendait. Ainsi, elle avait échoué. Elle allait mourir misérablement, privée de sa liberté. La jeune fille sentait le désespoir s'emparer d'elle, lorsque soudain, son regard croisa celui d'un homme isolé du reste des acheteurs. Enveloppé d'une vieille cape noire, celui-ci la fixait d'un air étrange. Il semblait en proie à de vives hésitations. Brusquement, il leva la main et annonça d'une voix forte :

« Vingt pièces d'or ! »

Chapitre 12 : Destin

Liam marchait depuis plusieurs heures, laissant derrière lui le carnage récent. Eastania se trouvait à moins d'une journée de marche au sud-ouest de la forêt noire, mais le mage se dirigeait néanmoins plein sud. Il aurait certes pu retourner vers la capitale, mais à quoi bon ? Il n'y avait plus rien pour lui là-bas. Le jeune mage ne se voyait pas continuer son apprentissage à Rathdery comme si de rien n'était. Après avoir massacré les soldats d'Anrid, Liam avait pris le temps de réfléchir. Et sa résolution n'avait pas flanché : il était décidé à réduire le monde en cendres, et personne ne pourrait le faire changer d'avis. Malgré tout, le jeune homme n'avait pas perdu sa lucidité. Un plan avait doucement germé dans son esprit, mais nécessitait encore d'être peaufiné. Liam était bien conscient que son objectif était titanesque, aussi n'avait-il pas le droit à l'erreur : tout devait être parfait. La découverte de ce qu'il supposait être son *unique* était évidemment un avantage considérable, dont le mage comptait bien tirer parti. Et si l'apparition de ce dernier l'aurait autrefois comblé de joie, il ne vit en lui à ce moment-là qu'un atout pour augmenter ses chances de succès. Quoi qu'il en soit, la première étape de son plan se trouvait assurément au sud d'Astiria. Il y avait quelque chose là-bas qu'il était certain de pouvoir exploiter.

***

La colère et la tristesse qui brûlaient en lui n'avaient pas disparu, bien au contraire. Liam ne voulait pas se voiler encore la face et faire une nouvelle fois abstraction de ses émotions. Cela aurait été une insulte à la mémoire de ses amis. Loin de les consumer, il s'en servait à l'inverse comme d'une force, comme une source de motivation. Eastania n'était depuis longtemps plus qu'un lointain souvenir derrière lui. Liam avait à présent entamé la traversée de la mer de feu, laquelle portait bien son nom. Ces immenses plaines qui s'étendaient à perte de vue étaient marquées par le soleil brûlant qui les surplombait. Les herbes sauvages aux teintes brunâtres qui tapissaient le sol témoignaient de l'intense chaleur qui y régnait. Pour une raison inexplicable, cette région d'Astiria était plus chaude que nulle autre en Lysarian. Les voyageurs préféraient de manière générale éviter de s'y aventurer, quitte à faire un détour. À raison, ni hommes ni animaux ne s'étaient établis dans ces terres inhospitalières. Marchant sur le sol craquelé, Liam sentait la chaleur intense sur son front mais ne la trouvait pas dérangeante, presque agréable. Aucun signe de vie n'était visible aux alentours, et le jeune homme ne tarda donc pas à tester ses nouveaux pouvoirs. Il lui semblait en effet crucial de connaître les limites et l'étendue de ses capacités. Après de nombreux essais, Liam arriva à la conclusion que son *unique* lui donnait un accès à la magie du feu, en addition de sa propre magie. À chaque fois que le jeune mage cherchait à l'utiliser, le phénix se mettait à briller sur le dos de sa main. Liam avait l'impression que l'oiseau vibrait, se tortillait, presque comme s'il cherchait à s'échapper. Le pouvoir que lui offrait l'animal était au-dessus de toutes ses espérances. Il sentait une énergie sans limite bouillonner au plus profond de son être, qui ne demandait qu'à être libérée. Mais si cela lui avait semblé naturel en affrontant les soldats d'Anrid, il avait à présent besoin de se concentrer longuement pour s'en servir. Liam en ignorait la raison et se rendit de plus rapidement compte que ce pouvoir était bien plus gourmand en énergie que sa magie habituelle. Heureusement, son *unique* semblait également lui accorder une protection constante au feu, ou du moins à la chaleur, à l'image de sa résistance peu commune au soleil de plomb de la mer de feu. La traversée n'était malgré tout pas une promenade de santé. L'air était lourd, et le sol sableux par endroit ralentissait considérablement sa progression. Ce fut donc avec un certain soulagement que Liam aperçut au loin un petit hameau, signe qu'il avait atteint la fin de cette région aride. Le jeune homme se dirigea aussitôt vers le village lorsque soudain, le sol s'affaissa sous ses pieds. Liam chercha désespérément des yeux quelque chose à quoi s'accrocher, mais n'en eut pas le temps. Une fissure s'ouvrit dans le sol. Impuissant, il tomba dans le vide.

✳✳✳

Liam reprit conscience avec un grognement douloureux. Tout son corps lui faisait mal, mais il était en vie. En se redressant, il remarqua qu'un épais tapis de mousse avait amorti sa chute, lui sauvant probablement la vie. Après avoir jeté un bref coup d'œil autour de lui, Liam se rendit compte qu'il se trouvait dans ce qui semblait être un réseau de galeries souterraines. Pourtant, ce ne fut pas ce qui retint

200

son attention. En effet, bien que le trou par lequel il était tombé ne laissât passer qu'un mince rayon de lumière, les galeries semblaient être illuminées comme un plein jour. Tous les murs étaient entièrement recouverts de petits cristaux lumineux qui émettaient une douce clarté. Liam resta un instant admiratif devant la beauté de la scène. Il n'aurait jamais pensé que la mer de feu puisse abriter un tel lieu. Le jeune mage finit cependant par reprendre ses esprits et analysa rapidement la situation. Autour de lui, une multitude de tunnels partaient dans toutes les directions. Comme il n'avait pas prévu de rester moisir là où il avait chuté, il était évident qu'il devait en emprunter un. Il n'avait aucun moyen de se repérer, et donc pas d'autre choix que de laisser la chance le guider. Liam ne se posa pas de questions inutiles et emprunta aussitôt le chemin le plus proche de lui. La galerie se prolongeait plus loin qu'il ne l'aurait cru, si bien qu'il n'en voyait toujours pas la fin après plus de deux heures de marche. Tout se ressemblait autour de lui, et Liam commençait à se demander s'il ne ferait pas mieux de faire demi-tour lorsqu'enfin, il vit la lumière au bout du tunnel. Et quand il en émergea finalement, il ne put retenir un juron surpris, incapable de croire ce qui se trouvait sous ses yeux. Devant lui se dressait une ville souterraine. Des centaines de maisons taillées à même la pierre s'étendaient dans une immense grotte. Tout était recouvert d'une épaisse couche de poussière et la ville semblait être inhabitée depuis des centaines d'années. Malgré le passage du temps, les habitations ne paraissaient pas s'être dégradées, et étaient encore en excellent état. Dévoré par la curiosité, Liam commença à explorer l'endroit et se rendit rapidement compte que trois énormes grottes étaient reliées à la ville. Dans l'une d'elles s'étendait un grand terrain vague recouvert d'arbres fruitiers et d'une herbe grasse et verdoyante. Un petit ruisseau serpentait le long des parois, alimentant en eau des plantes qui ne semblaient pas avoir de difficultés à pousser malgré le manque de soleil. La seconde grotte qu'il découvrit était selon toute vraisemblance une mine. Un nombre important de pioches, chariots et autres outils étaient éparpillés au sol, comme s'ils avaient été abandonnés à la hâte. Des résidus d'or et d'eryl couraient le long des parois, mais le gisement semblait presque totalement épuisé. La dernière grotte faisait office d'armurerie. Une grande quantité d'armes diverses et variées y étaient entreposées, probablement suffisante pour équiper une armée entière. Aucune ne lui semblait cependant meilleure que son épée, et Liam poursuivit donc son exploration. Il fouilla la ville de fond en comble mais ne trouva malheureusement rien d'autre susceptible d'éveiller son intérêt. Un large tunnel semblait faire office d'entrée pour la cité, et Liam l'emprunta donc dans l'espoir que ce chemin le conduirait à l'extérieur. Son instinct ne l'avait apparemment pas trompé car le jeune homme sentit bientôt l'air lourd de la mer de feu sur son visage. Le tunnel commençait à se resserrer peu à peu, et la sortie ne tarda pas à être visible. Liam s'apprêtait à émerger des galeries, quand soudain, quelque chose retint son attention. Tout autour de lui, des centaines de squelettes étaient couchés contre le sol. Nombre d'entre eux étaient de petite taille, ne laissant aucun doute sur le fait qu'ils avaient dû appartenir à des enfants. C'est alors que le regard de Liam fut attiré par un squelette imposant qui avait l'air de tenir un livre dans sa main. Intrigué, le jeune mage s'empara de l'objet et l'étudia avec précaution. Il s'agissait en vérité un journal. De nombreuses pages avaient été abîmées par le passage du temps, mais certaines d'entre elles semblaient avoir été épargnées. Intrigué, Liam commença à lire ce qui pouvait encore l'être.

13 novembre 3067

Notre ville est en flammes. Les démons sont inarrêtables. Nous ne sommes que quelques milliers à avoir pu nous échapper. Ils nous poursuivent. Nous n'avons pas d'autre choix que d'essayer de traverser la mer de feu pour les semer.

14 novembre 3067

La chaleur est insupportable. Les plus fragiles sont déjà morts. Si ce ne sont pas les démons qui nous tuent, le soleil le fera pour eux.

15 novembre 3067

Nous avons découvert un réseau de galeries où nous avons trouvé refuge. Il y fait bien plus frais, nous allons nous y reposer quelque temps.

17 novembre 3067

C'est extraordinaire, il semble que les cristaux qui recouvrent les murs ont le même effet sur les plantes que le soleil. Certains proposent déjà de planter des cultures et de rester ici en attendant la fin de la guerre.

18 novembre 3067

Nous avons décidé qu'il n'y avait plus rien à la surface pour nous. Nous allons construire une nouvelle ville sous la mer de feu. Nous y serons à l'abri, loin des démons.

19 novembre 3067

La ville d'Elyria a été fondée aujourd'hui. Tout le monde semble très enthousiaste et certains ont même déjà commencé à construire des maisons. Peut-être avons-nous eu de la chance dans notre malheur ?

Le reste des pages était complètement illisible, et seule la dernière était encore intacte. Curieux, Liam s'empressa de lire les quelques mots qui semblaient y avoir été inscrits précipitamment.

27 mars 3070

Ils arrivent. Je ne sais pas comment, mais ils nous ont retrouvés. Ceux qui peuvent se battre sont allés les affronter, pendant que j'essaie de mettre les autres à l'abri. Mais il est trop tard. J'entends leurs pas derrière nous. Les enfants sont trop lents. Je reste derrière pour les retenir, mais je sais que c'est inutile. Tout est fini. Elyria est tombée.

Liam reposa doucement le journal à l'endroit où il l'avait trouvé et réfléchit un instant. L'objet semblait être un vieux vestige de la guerre contre les démons, mais il lui avait surtout permis de répondre aux nombreuses questions qu'il s'était posées en découvrant la ville souterraine. Liam décida qu'il ne parlerait cependant à personne de l'existence d'Elyria. Connaître un tel endroit pourrait lui être utile à l'avenir. Le jeune homme reprit donc sa route en laissant les squelettes derrière lui.

****

Lorsqu'il émergea du tunnel, Liam remarqua que l'entrée de ce dernier était parfaitement camouflée derrière un rocher, si bien qu'il ne l'aurait jamais trouvée s'il ne venait pas d'en sortir. Jetant un regard inquisiteur autour de lui, il découvrit qu'il se trouvait à présent non loin du village qu'il avait aperçu auparavant. Constitué seulement de quelques maisons rudimentaires, l'endroit paraissait presque désert, si ce n'était un paysan à l'air hagard assis sur le pas d'une porte. Le regard perdu dans le vide, l'homme sursauta en entendant Liam approcher.

« Excusez-moi, je ne voulais pas vous faire peur, rassura le jeune homme. Je crois que je me suis un peu égaré, pourriez-vous m'indiquer la ville la plus proche ?

– Pas de problème mon gars, j'étais juste perdu dans mes pensées. Il faut dire qu'il n'y a pas souvent du monde par ici. Tu as eu de la chance, en général on ne revoit jamais ceux qui s'aventurent dans la mer de feu. Pour répondre à ta question, la seule ville de la région est Valir, mais je ne te conseille pas de t'en approcher. Si tu tiens à la vie en tout cas.

– Merci, mais je sais me défendre. Et puis, je n'ai pas trop le choix, ma bourse commence à arriver à ses limites. D'ailleurs, je n'ai plus de vivres, pourriez-vous me vendre un peu de nourriture ?

– On n'a pas grand-chose dans le coin, mais je vais voir ce que je peux te trouver », répondit l'homme en rentrant dans sa maison.

Il ressortit quelques instants plus tard, les bras chargés de deux miches de pain et d'un petit morceau de fromage.

« C'est tout ce que je peux t'offrir, mais ça devrait largement te suffire pour tenir jusqu'à Valir.

– Merci beaucoup, répondit Liam en lui tendant une poignée de pièces de bronze.

– Ça me fait plaisir. Et encore une fois, fais attention quand tu arriveras là-bas. »

Liam acquiesça et reprit sa route. Affamé, il croqua à pleines dents dans un morceau de pain. Un peu sec, celui-ci était néanmoins bien meilleur que ce à quoi il s'attendait. Malgré sa faim, le jeune homme ne le mangea pas en entier. Sa bourse était presque vide, et il n'avait pas la certitude de trouver un travail rapidement : mieux valait être prudent et économiser ses réserves.

***

Liam n'arriva à Valir que le lendemain, alors que la journée était déjà bien entamée. Bien que de vaste taille, la cité était loin de l'opulence d'Eastania. Les maisons étaient pour la plupart construites en bois, et peu de bâtiments comptaient plus d'un étage. La ville ne lui inspirait pas confiance mais Liam se décida tout de même à y pénétrer. Aucun garde ne semblait être présent aux portes, et il n'eut donc aucune difficulté à entrer. Les rues étroites étaient sales et mal entretenues, tandis qu'une puanteur infecte planait dans l'air, mélange nauséabond d'excréments et de cadavres. La tenue des habitants ne semblait pourtant pas en adéquation avec le décor, nombre d'entre eux portant de riches atours. La plupart vaquaient à leurs occupations et ignorèrent totalement Liam, mais ils furent plusieurs à lui adresser des regards hostiles. Le mage ne se sentait pas dans son élément à Valir et s'efforça de ne pas prêter attention à ce qui l'entourait. Il parcourut longuement la ville à la recherche d'un moyen de remplir sa bourse, mais les habitants n'étaient pas très accueillants et tous refusèrent ses services avec un air méfiant. Liam commençait à se faire une raison quand son regard fut attiré par deux hommes qui marchaient d'un pas rapide en discutant à vive voix. Curieux, il se mit à les suivre discrètement, tendant l'oreille pour surprendre leur conversation. Il apprit ainsi que les deux acolytes étaient en route pour une arène cachée où se tenaient des combats clandestins. Le plus jeune des deux semblait particulièrement excité, et Liam en déduisit donc qu'il s'y rendait pour la première fois. Le second, plus calme, affichait simplement un sourire amusé. Poussé à la fois par sa curiosité et par la présence éventuelle d'une opportunité de gagner de l'argent, Liam leur emboîta le pas.

Après plusieurs minutes de marche, les deux hommes s'engouffrèrent soudain dans un bâtiment d'aspect tout à fait banal. Le jeune mage patienta prudemment pendant un moment avant de les imiter. Il déboucha sur un petit vestibule au bout duquel se trouvait un comptoir. Une femme minuscule s'y tenait, entourée par deux colosses armés de longues épées.

« N'aie pas peur, approche, l'aborda la femme en le voyant un peu perdu. Il me semble que je ne t'ai jamais vu, c'est ta première fois ici ?

– Oui, je ne suis que de passage.

– Très bien. Le droit d'entrée est d'une pièce d'argent. Toute sortie est définitive, et les paris se font exclusivement à l'intérieur.

– Et si je veux participer ?

– Tu es sûr de toi ? interrogea la femme en le toisant d'un air dubitatif. Ce n'est pas un jeu, c'est un combat à mort. Sans vouloir te vexer, tu n'as pas vraiment la stature.

– Je ne paie pas de mine, mais je me débrouille.

– Bon après tout c'est toi qui vois, ce ne sont pas mes affaires. Les règles sont simples. Tu rentreras dans l'arène en même temps que les autres participants. Tous les coups sont permis et le combat s'arrêtera seulement lorsqu'il n'en restera qu'un. Le gagnant remporte vingt-cinq pièces d'or. Ça te va ?

– C'est parfait.

– Bien, prends le couloir derrière moi. Tu vas tomber sur une grille, dès qu'elle s'ouvrira tu pourras entrer. Des questions ?

– Aucune, merci.

– Dans ce cas, tu peux y aller. »

Liam obtempéra et emprunta le couloir que lui avait désigné la petite femme. Il déboucha ainsi dans une pièce presque complètement nue. Le seul meuble qui s'y trouvait était un petit banc d'aspect fragile sur lequel le jeune homme s'assit avec précaution. Une épaisse grille en métal barrait l'accès à l'arène. Le brouhaha des spectateurs impatients qui prenaient place parvenait à ses oreilles. Une lourde tension flottait déjà dans l'air, comme un signe annonciateur de la boucherie imminente.

***

La grille s'ouvrit avec un grincement métallique. Liam se leva calmement et se dirigea vers l'entrée de l'arène. Il plaça la main devant ses yeux, ébloui par la clarté du lieu, bien plus lumineux que ce à quoi il s'attendait. L'arène portait en vérité bien mal son nom. C'était un petit terrain vague, aménagé pour l'occasion et entouré par des tribunes rudimentaires, lesquelles tremblaient de façon inquiétante sous le poids des spectateurs. Le sol était recouvert d'un sable granuleux, teinté d'un rouge sanglant laissé par les pauvres diables qui l'avaient foulé auparavant. Une clameur s'éleva de la foule à l'entrée des participants. Liam observa des grilles semblables à la sienne s'ouvrir simultanément tout autour de l'arène. Concentré, le jeune mage étudia d'un coup d'œil ses adversaires, identifiant rapidement ceux qui lui semblaient les plus dangereux. Il repéra ainsi trois concurrents qui paraissaient au-dessus des autres. L'un d'eux était un homme-bête colossal maniant une énorme hache à deux mains qui faisait quasiment la taille du jeune homme. Il avait le corps couvert de cicatrices, et une musculature puissante transparaissait sous sa peau. Un autre était un Triterien, chose étonnante pour cette espèce

212

habituellement pacifique, qui portait une fine lance en eryl. Celui qui ressortait le plus du lot était un homme de taille moyenne. À première vue banal, il était armé uniquement d'une petite dague. Liam fut dans un premier temps tenté de l'ignorer, mais finit par se raviser. Le masque confiant plaqué sur son visage et le regard froid que l'homme posait sur ses concurrents ne lui inspiraient pas confiance. Les combattants restèrent plusieurs secondes à se jauger silencieusement. Soudain, sans crier gare, un homme courut en criant sur le Triterien. Celui-ci garda cependant tout son sang-froid, et virevolta sur le côté en transperçant l'attaquant de sa lance. Comme si un signal avait été donné, tous les participants se jetèrent les uns sur les autres. Liam tira son épée juste à temps pour parer une lame qui se dirigeait vers sa tête. D'un geste vif, il riposta aussitôt d'un coup d'estoc. Son opposant réussit malgré tout à contrer l'offensive et les deux lames s'entrechoquèrent bruyamment. L'arme de Liam n'était néanmoins pas une lame ordinaire et un éclair en jaillit, projetant l'agresseur en l'air. Celui-ci, l'air ébahi, s'écrasa contre un poteau dans un sinistre craquement, avant de s'écrouler face contre terre, inanimé. Liam n'eut cependant pas le temps de souffler car déjà un autre adversaire se présentait face à lui. Les combattants tombaient les uns après les autres dans l'arène, leur sang venant se mélanger à celui déjà imbibé dans le sable. La moitié des concurrents étaient morts ou inconscients, pour le plus grand plaisir des spectateurs. Tous se délectaient de ce spectacle macabre, chacun encourageant son favori à vive voix. L'adversaire de Liam, rendu prudent par le sort de son prédécesseur, évitait tout contact avec la lame magique du mage. Ce dernier peinait donc à toucher son adversaire qui tourbillonnait sans cesse autour de lui. Désireux d'en finir au plus vite, Liam finit par perdre patience et utilisant la magie pour accroître sa vitesse. Il faucha ensuite son opposant d'un coup de pied circulaire, le projetant ainsi au sol. Tandis que le jeune mage achevait son adversaire, les autres combats touchaient également à leur fin. Seuls les participants que Liam avait repérés se tenaient encore debout, au milieu des corps qui gisaient sur le sable. L'homme-bête et le Triterien, identifiant l'homme comme une proie facile, se jetèrent simultanément sur lui. Celui-ci rengaina sa dague, puis d'un geste brusque, fit jaillir des éclats de glace qui transpercèrent de part en part les agresseurs, trop surpris pour réagir. Sans perdre de temps l'homme lança un énorme pic de glace sur Liam, qui ne parvint à le contrer que de justesse. Un murmure excité parcourut la foule : si voir un mage était peu commun, assister au combat de deux d'entre eux était rarissime. Les deux combattants se firent face au centre de l'arène. Soudain ils passèrent à l'action. La magie s'entrechoqua. La foudre frappait la glace. Des sorts volaient en tous sens, creusant de profonds cratères dans le sol. Les deux opposants n'étaient cependant pas de force égale. Aussi, quand Liam fit jaillir un éclair plus puissant, l'homme ne put le parer. Il s'écroula, tandis qu'une désagréable odeur de chair brûlée flottait dans l'air.

Sans prendre le temps de savourer sa victoire, Liam quitta immédiatement l'arène sous les acclamations des spectateurs. Il retrouva la petite femme de l'accueil qui, bien que surprise par sa victoire, lui donna son dû sans discuter. La bourse remplie, Liam n'avait pas l'intention de s'attarder à Valir. Il ne s'y sentait pas à l'aise et voulait y passer le moins de temps possible. Il était trop tard pour reprendre la route, et le jeune homme résolut donc de trouver un endroit pour passer la nuit. Il déambula ainsi dans les rues de la ville à la recherche d'un endroit susceptible de lui convenir. La plupart des auberges sur lesquelles le mage posait les yeux faisaient peine à voir. Les bâtiments étaient insalubres, remplis d'ivrognes et de coupe-jarrets, sans oublier l'insupportable odeur d'urine et de nourriture avariée qui en émanait. Celles qui étaient un tant soit peu convenables se révélaient totalement hors de prix, et Liam ne souhaitait pas dilapider bêtement l'argent qu'il avait durement gagné. Enfin, le jeune mage finit par trouver son bonheur en découvrant une petite auberge sur la bordure extérieure de la ville. Il était évident qu'elle avait vu passer un nombre incalculable d'années, mais le bâtiment restait cependant dans un état tout à fait correct. Le prix était acceptable et Liam n'hésita pas plus longtemps, conscient qu'il aurait du mal à trouver mieux ailleurs. Il prit une chambre pour la nuit, mais ne s'y attarda pas : il lui restait une chose à faire avant de quitter la ville. Liam se dirigea vers le centre de la cité, à la recherche d'un établi de forgeron et s'aperçut rapidement que ce genre de commerce pullulait dans la cité. Il avait l'embarras du choix et se rapprocha donc de celui qui lui avait l'air le plus respectable. Une épée souleva instantanément son intérêt. La lame était fine et si brillante qu'il était évident qu'elle avait été forgée en eryl. Le pommeau était simple mais demeurait élégant et parfaitement bien proportionné pour la main du jeune homme. Surprenant son regard intéressé, le forgeron lui expliqua :

« C'est une bonne arme, je te l'assure. C'est probablement l'une de mes plus belles créations mais j'ai du mal à la vendre. La lame est trop fine, elle risque de se briser sous un choc violent. Tu peux la prendre en main si tu veux. »

Liam acquiesça et s'empara de l'arme. Comme il le pressentait, l'épée s'accordait parfaitement avec lui. Encore plus légère que ce qu'elle suggérait, il pouvait la manier sans la moindre difficulté. Satisfait, le jeune homme demanda :

« Elle est à combien ?

– Trente-cinq pièces d'argent. Payable en une seule fois évidemment.

– Je vous la prends pour trente pièces.

– Marché conclu, je préfère la vendre que de la voir rouiller dans ma boutique », fit l'homme en riant.

Liam paya l'arme, remercia le forgeron et la glissa à sa ceinture. Il avait bien évidemment déjà une lame, mais il souhaitait faire une expérience. Sa première épée était enchantée par sa magie, mais le mage était curieux de savoir s'il pouvait utiliser son *unique* pour enchanter la seconde. Content de son achat, Liam rabattit sa cape autour de lui et se dirigea vers son auberge. Un attroupement au milieu d'une place attira pourtant son attention. Une estrade y avait été montée, et un homme dont le visage était orné d'une affreuse balafre s'y tenait, haranguant la foule d'une voix forte. Liam comprit rapidement à ses paroles que l'homme était un marchand d'esclaves en train d'animer une vente aux enchères. L'assistance semblait enthousiaste, et pour cause, les enchères s'élevaient à des montants très importants. Nullement intéressé, Liam s'apprêtait à passer son chemin lorsque son regard croisa celui d'une fille enchaînée sur l'estrade. Malgré ses haillons crasseux, le jeune homme ne put s'empêcher d'admirer sa beauté. Légèrement plus petite que lui, elle avait un visage fin qui mettait en valeur ses pommettes. De longs cheveux châtains lui tombaient sur les épaules, recouvrant en partie ses oreilles pointues. Plutôt mince, elle avait des formes modestes, mais cela n'empêcha pas Liam de lui trouver un charme captivant. Les autres esclaves qu'il avait croisés par le passé arboraient tous une mine résignée, mais une lueur rebelle brillait dans les profonds yeux verts de la jeune femme. Totalement absorbé, Liam ne parvenait pas à détourner le regard. Brusquement, sa main droite se mit à le brûler. Il sentait le phénix se tortiller sur sa peau, comme s'il cherchait à s'échapper. Sans trop savoir pourquoi, Liam leva la main et lança :

« Vingt pièces d'or ! »

Chapitre 13 : Haine

Des murmures stupéfaits parcoururent la foule : la somme frôlait l'indécence. Ne sachant pas trop à quoi s'en tenir, Rhaena se tourna vers Mia et demanda d'une voix inquiète :

« Et lui ?

– Aucune idée. Je ne l'ai jamais vu par ici, et il ne ressemble pas aux acheteurs que j'ai l'habitude de voir. Je crois que je n'ai plus qu'à te souhaiter bonne chance.

– Je risque d'en avoir besoin », murmura Rhaena d'un air soucieux.

De son côté, le noble à la cape rouge tourna les talons d'un pas rageur, peu désireux de surenchérir à nouveau. Reprenant ses réflexes de marchand, Crom fit signe à ses hommes de détacher Rhaena, et se rapprocha de l'acheteur avec un air ravi.

« Je vous remercie pour votre achat, c'est un plaisir de faire affaire avec vous, déclara le marchand d'esclaves, un sourire de façade plaqué sur son visage. Je puis vous assurer que vous ne serez pas déçu. »

L'homme en noir semblait un peu perdu et se contenta d'acquiescer en tendant une bourse bien remplie à Crom, qui s'en saisit avec empressement. Tout en recomptant les pièces d'or, le balafré fit un signe de la tête à ses hommes de main, lesquels traînèrent aussitôt Rhaena jusqu'à son nouveau propriétaire. La jeune fille put ainsi apercevoir le visage de ce dernier, auparavant caché par sa cape. À sa grande surprise, l'homme était bien plus jeune que ce à quoi elle s'attendait. En effet, être capable de dépenser une telle somme à un âge qu'elle estimait proche du sien n'était pas une chose courante. Il avait le visage dénué de toute émotion, mis à part ses grands yeux bruns au sein desquels Rhaena entrevit une détermination farouche, presque effrayante, et lui semblait-il, une pointe de tristesse. Elle avait déjà entrevu cette lueur briller à maintes reprises par le passé, et cette constatation n'était pas pour la rassurer. Les hommes qui l'arboraient habituellement étaient des êtres qui n'avaient plus rien à perdre, capables de tout, même des pires atrocités.

****

Liam était perplexe. Il ne comprenait pas pourquoi il s'était brutalement senti obligé d'enchérir sur l'elfe devant lui. Loin d'être un partisan de l'esclavage, rien ne pouvait expliquer cet acte. Son corps semblait être entré l'espace d'un instant dans une sorte de transe. Et avant qu'il n'ait eu le temps d'en prendre pleinement conscience, Liam avait déjà acheté la jeune fille, qui plus est au prix fort. Il jura intérieurement en donnant à contrecœur sa bourse au marchand, après avoir pris soin de mettre de côté les quelques pièces survivantes. Celui-ci s'attela aussitôt à en vérifier le contenu avec un sourire qui lui fit froid dans le dos. Liam en profita pour essayer de se rassurer. Après tout il n'avait pas besoin d'autant d'argent et ce qui lui restait était suffisant pour vivre convenablement pendant plusieurs mois. Quant à l'esclave, il se pourrait qu'elle lui soit utile, et il n'aurait dans le cas contraire aucune réticence à la libérer. Rasséréné par cette bouffée d'optimisme, Liam se reconcentra sur la transaction, non sans avoir jeté un regard suspicieux à sa main droite, de laquelle le phénix avait à nouveau innocemment disparu. L'esclavagiste finalement satisfait rangea la bourse dans sa besace et fit d'une voix mielleuse :

« Parfait le compte y est. Nous allons sans plus tarder marquer votre marchandise pour pouvoir lui ôter ses chaînes, et vous serez ensuite libre de l'emmener.

– Est-ce vraiment nécessaire ? D'apposer le sceau je veux dire, demanda Liam quelque peu réticent.

– Eh bien c'est une mesure de sécurité, je doute que vous ayez envie que ce démon vous saute à la gorge dès que vous aurez le dos tourné. Si vous y tenez absolument, il est possible de rompre le sort à tout moment, même si je vous le déconseille fortement.

– Oh oui bien sûr, excusez ma question. Simple curiosité.

– Très bien. J'aurais besoin d'une goutte de votre sang pour procéder au sort », expliqua le marchand en tendant un couteau à Liam.

Le jeune homme acquiesça et passa le doigt sur le fil de la lame. Une fine coupure apparut aussitôt sur son index, au bout duquel une goutte de sang ne tarda pas à perler. Liam la fit tomber dans le gobelet que lui présentait son interlocuteur, à l'intérieur duquel son sang vint se mélanger à une étrange mixture violette. Le marchand se saisit d'une sorte de pinceau qu'il trempa dedans, avant de tracer un petit cercle sur la poitrine de l'elfe, juste en dessous du cou. À l'instant où l'esclavagiste leva le pinceau, le cercle émit une brève lueur avant de revenir à la normale. Au même moment la jeune fille lâcha un gémissement étouffé qui fit sursauter Liam.

« La douleur n'est que passagère. Elle se dissipera rapidement, répondit le marchand à l'interrogation silencieuse du jeune homme. Toutes les formalités étant maintenant achevées, vous êtes désormais le propriétaire officiel de cette esclave. En vous remerciant encore pour votre achat », conclut l'homme en tournant les talons, sans prêter attention au regard meurtrier que l'elfe lui lança.

Un peu perdu, Liam finit par se reprendre et invita l'elfe à le suivre d'un signe de la tête. Celle-ci lui adressa un étrange regard, mélange d'appréhension et de défi, si bien que le jeune homme crut un instant qu'elle allait refuser de s'exécuter, auquel cas il n'aurait su comment réagir. Ce fut

donc avec un certain soulagement qu'il vit la jeune fille obtempérer. Pour dire vrai, cette situation rendait Liam plutôt
anxieux. Il se dirigea par conséquent sans plus tarder vers
son auberge, pressé de s'extirper des sinistres rues de Valir.
Il sentait le regard inquisiteur de l'elfe qui trottait maladroitement sur ses talons, mais le jeune homme n'en fit pas
grand cas et poursuivit sa route sans se retourner.

✳✳✳

Liam pénétra dans l'auberge et salua l'aubergiste, lequel adressa un regard curieux à la jeune fille qui le suivait,
mais eut l'heureuse idée de ne pas faire de commentaire
malvenu. Entrant dans sa chambre, Liam laissa l'elfe l'imiter, avant de refermer la porte derrière elle. La jeune fille ne
le quitta pas un instant des yeux, mais se plaça néanmoins
à l'autre extrémité de la petite pièce, comme pour se faire
oublier. Liam soutint son regard quelques secondes, puis
finit par briser le silence :

« Allonge-toi sur le lit. Sur le ventre », ordonna-t-il d'une
voix neutre.

Pour la première fois, il vit de la peur sur le visage de l'elfe. Liam sentit qu'elle essayait de résister, mais le cercle sur sa poitrine se mit à briller en lui arrachant une grimace, ne lui laissant pas d'autre choix que d'obtempérer. Il vint s'assoir sur le bord du lit et s'aperçut que la jeune fille tremblait comme une feuille.

« Ça va aller, murmura-t-il d'une voix rassurante »

Il souleva les haillons de l'elfe, dévoilant son dos non sans lui arracher un gémissement.

« C'est bien ce que je craignais », soupira Liam d'un air horrifié.

Le dos de la jeune fille était couvert de cicatrices, preuves d'innombrables tortures. Certaines toutes récentes suintaient encore, pendant que d'autres semblaient vieilles de plusieurs semaines. Pas un centimètre de peau ne semblait avoir été épargné par les coups, offrant au jeune homme un aperçu de la barbarie dont l'elfe avait été victime. Heureusement, aucune plaie ne semblait trop profonde. Même avec ses faibles capacités de guérison, Liam se savait apte à les soigner. Il posa doucement ses mains sur le dos de la jeune fille, qui ne put retenir un cri au contact sur sa peau. Un halo lumineux vint aussitôt entourer les mains de Liam, et le soulagement vint bientôt remplacer la souffrance sur le visage de l'elfe. Les blessures se refermaient les unes après les autres, s'estompant avant de disparaître totalement, comme si elles n'avaient jamais existé. Sa tâche achevée, Liam se leva et quitta la pièce sans un mot.

***

Rhaena se sentait malgré elle presque heureuse. Pour la première fois depuis longtemps, elle n'éprouvait plus la moindre douleur. Malgré le bien-être qu'elle ressentait, elle obligea son esprit à sortir de sa quiétude. Bien que l'homme l'ait soigné, elle se refusait à baisser sa garde. Elle ignorait toujours tout de lui, et surtout ce qui l'avait poussé à utiliser sa magie pour la guérir. Elle n'avait qu'une seule certitude : c'était un humain. Un être haïssable dont elle devait se débarrasser, d'une manière ou d'une autre. Rhaena se redressa et tenta de se lever, mais sa tête se mit brusquement à tourner, ses jambes refusant de la porter.

« Tu devrais rester couchée pour l'instant, conseilla le jeune homme en revenant dans la chambre. Tes blessures ont disparu, mais ton corps a besoin de repos. »

À contrecœur, Rhaena dut admettre qu'il avait raison : elle était incapable de se tenir debout. Elle observa que son nouveau maître avait ramené une assiette fumante remplie de viande et de pommes de terre. Rhaena sentit son ventre gargouiller, mais se força à l'ignorer. Elle espérait tout de même secrètement obtenir quelques restes, mais préférait ne pas se faire d'illusion. Elle fut donc totalement prise au dépourvu lorsque le jeune homme lui plaça l'assiette entre les mains.

« Vas-y mange, répondit-il à son air interrogateur. Je suis sûr que tu n'as pas eu un repas correct depuis très longtemps.

– Merci », lâcha Rhaena à mi-voix, en se jetant sur la nourriture, presque les larmes aux yeux.

La jeune fille profitait pleinement des saveurs qui explosaient dans sa bouche, redécouvrant des goûts qu'elle pensait avoir oubliés. L'homme se contenta quant à lui de la regarder manger avec un air amusé.

« Comment est-ce que tu t'appelles ? finit-il par demander.

– Rhaena.

– Eh bien c'est un plaisir de te rencontrer Rhaena. Je m'appelle Liam.

– Qu'est-ce que tu veux ?

– Pardon ?

– Tu as soigné ma blessure et tu m'as apporté à manger alors que tu n'avais aucune raison de le faire. Pourtant je ne suis que ton esclave. Donc je te le redemande : qu'est-ce que tu veux ? Je ne suis pas assez naïve pour croire que tu agis sans arrière-pensée.

– C'est pourtant le cas. Je n'attends rien de toi, et je ne te considère pas comme mon esclave.

– C'est bizarre, ce n'est pas vraiment ce que ça suggère, ironisa Rhaena en désignant le sceau sur sa poitrine.

– Si je ne te l'ai pas enlevé, c'est uniquement parce que je ne veux pas imposer un effort supplémentaire à ton corps. La guérison de tes blessures a déjà dû te fatiguer suffisamment. Ce sera fait demain si c'est ce qui t'inquiète. Et je maintiens ce que j'ai dit : tu n'es pas mon esclave.

– Je suis libre de partir alors ? Après que tu as dépensé une petite fortune pour m'acheter ?

– Évidemment, c'est une option.

– Comment ça ?

– Tu peux choisir de partir de ton côté, mais les routes ne sont pas sûres dans la région. Entre les marchands d'esclaves, les brigands et les hommes-rats, combien de temps faudra-t-il avant que tu ne sois à nouveau capturée ?

– Il ne me semble pourtant pas avoir d'autre choix. Et je sais me défendre.

– Je n'en doute pas. Mais ça n'a pourtant pas l'air de t'avoir sauvée par le passé. À vrai dire, il y a une alternative.

– Je t'écoute…

– Viens avec moi.

– C'est une blague ? Tu m'annonces que je suis libre, et tu me demandes ensuite de te suivre ?

« – Les routes sont plus sûres à deux, et les marchands d'esclaves ne chercheront pas à te capturer s'ils pensent que je suis ton maître. Et puis…, commença Liam avant de se raviser en jetant un regard pensif vers sa main droite.

– Et puis ?

– Non rien. Je pars vers le sud demain, dès l'aube. Si tu le souhaites, tu peux venir avec moi. Je ne prétendrais pas imaginer ce que tu as traversé jusque-là, et je comprendrais que tu ne me fasses pas confiance. Je peux néanmoins te jurer que tant que tu seras avec moi, plus personne ne posera jamais la main sur toi. C'est une promesse. Maintenant, le reste dépend de toi, c'est un choix que tu es la seule à pouvoir faire.

– Je… il faut que j'y réfléchisse, répondit Rhaena, troublée.

– Pas de problème, comme on dit, la nuit porte conseil. Non, reste couchée, la retint Liam alors qu'elle commençait à se redresser à nouveau. Je te laisse le lit, je dormirai sur la chaise. Ne t'inquiète pas, je ne te toucherai pas. »

Rhaena acquiesça, non sans un certain soulagement, puis se retourna à la recherche d'une position confortable. Épuisée

et le ventre bien rempli, elle ne tarda pas à trouver le sommeil.

***

Liam se leva et, songeur, resta un moment en arrêt, les
yeux perdus dans le vide. Malgré la discussion qu'il venait
d'avoir avec Rhaena, il ne savait toujours pas réellement
que penser de l'elfe. Et si une part de lui avait véritablement
envie de faire confiance à son *unique*, il n'en demeurait pas
moins dubitatif quant à l'utilité de la jeune fille à ses côtés.
Pour dire vrai, la curiosité était la seule chose qui avait mo-
tivé son offre. Liam n'arrivait pas à saisir ce que Rhaena
avait de spécial, et dans quel but le phénix l'avait forcé à
l'acheter. Dans le doute, et en attendant de mieux comprendre son pouvoir, le jeune mage préférait donc la garder
proche de lui. Haussant les épaules, Liam jeta un coup d'œil
discret vers l'elfe étendue sur le lit. Elle s'était endormie en
seulement quelques secondes, et son visage semblait à présent bien plus paisible. Sa première impression ne l'avait
pas trompé, et Liam ne put s'empêcher d'admirer à nouveau
la beauté presque surnaturelle de la jeune fille. Il sentit un
instant une inexorable envie de se rapprocher d'elle, mais

se força à détourner le regard. Il se dirigea au contraire à l'opposé vers le bureau qui meublait le coin opposé de la chambre. Quelque chose d'autre retenait son attention dans l'immédiat. D'un geste vif, le jeune homme dégaina l'épée qu'il venait tout juste d'acheter et la posa sur le meuble. Il fixa l'arme des yeux et se concentra, libérant son esprit de toute pensée parasite. Il sentit l'immense pouvoir qui l'habitait parcourir à nouveau son être, crépitant avec impatience. Soudain, le phénix apparut à nouveau sur sa main en brillant faiblement. La magie parcourut violemment son corps. Elle traversait le moindre de ses membres pour venir rapidement se rassembler autour de ses mains. L'afflux était si important que Liam douta un instant de réussir à la contrôler. Mais se reprenant rapidement, le jeune mage imposa sa volonté à sa magie, et la força à se rediriger vers l'épée posée devant lui. Pendant un moment, la lame se mit à flamboyer comme un petit soleil, bouillonnant d'une puissance impressionnante. L'afflux de pouvoir n'était cependant pas constant, et l'arme finit donc par retrouver son aspect originel au bout de quelques minutes. La puissance qui l'habitait était néanmoins toujours parfaitement perceptible. Liam était quant à lui satisfait. Comme il l'espérait, son *unique* pouvait également lui permettre d'enchanter des objets grâce à la magie du feu. La vitesse à laquelle il avait réussi à emmagasiner une telle quantité d'énergie à l'intérieur de l'arme ne laissait aucun doute quant à la puissance incommensurable que pourrait atteindre l'épée une fois achevée. Poussé par une sorte de frénésie, Liam ne put se résoudre à en rester là. La première étape de l'enchantement étant achevée, il put s'atteler à la seconde, un travail qui nécessitait bien plus de finesse. La magie jaillissait à intervalles réguliers de sa main, flottant doucement jusqu'à l'épée. Comme un artisan sculptant son œuvre, il façonna un à un chacun des sorts qu'il insérait dans la lame, avec une minutie défiant celle des meilleurs orfèvres triteriens. Complètement absorbé par sa tâche, Liam ne ressentait pas la fatigue qui aurait dû l'assommer. De même, il ne vit pas le temps passer et fut donc surpris de voir les premiers rayons du soleil s'engouffrer par l'embrasure de la fenêtre. Comprenant qu'il avait passé toute la nuit sur sa nouvelle épée, Liam sortit de l'état de transe dans lequel il se trouvait. Il jeta un regard inquisiteur au fruit de son travail et le jeune homme en fut amplement satisfait. Même s'il restait encore fort à faire, le résultat était au-dessus de toutes ses espérances. Chancelant sous le coup de la fatigue le rattrapant, Liam rengaina l'épée au côté de sa seconde, et commença à rassembler ses maigres biens. Il était plus que temps pour lui de s'extirper de Valir et de l'atmosphère sordide qui y régnait.

***

En ouvrant les yeux, Rhaena mit quelques secondes à se rappeler où elle se trouvait. Elle jeta un bref coup d'œil autour d'elle, et les événements de la veille ne tardèrent pas à lui revenir en mémoire. La jeune fille n'eut pas à réfléchir très longtemps pour prendre sa décision. Le choix le plus logique était sans conteste d'accompagner Liam, du moins pour le moment. Rhaena avait besoin de lui pour réussir à s'éloigner suffisamment de Valir, mais ne se voilait pas la face. À l'instant où il lui serait inutile, elle se débarrasserait de lui et poursuivrait seule sa route. Constatant l'absence de Liam, Rhaena craignit un instant qu'il ne soit parti sans elle, ce qui aurait eu le don de compliquer singulièrement ses affaires. La jeune elfe bondit hors du lit et découvrit rapidement que des vêtements avaient été déposés à son attention sur la bordure du lit. D'aspect simple, ils semblaient confortables, mais surtout dans un bien meilleur état que ceux qu'elle portait. Elle s'empressa donc de les enfiler et dévala à la hâte les escaliers. Elle trouva cependant Liam accoudé au comptoir de l'auberge, un masque pensif sur le visage. Le jeune homme sentit tout de même sa présence et se retourna vers elle avant de demander :

« Alors ? Tu as pris ta décision ?

– Je t'accompagne. Pendant un temps en tout cas. Mais je veux que tu m'enlèves ça d'abord, fit Rhaena en désignant le sceau sur sa poitrine. Tu as promis de le faire.

– Je te l'ai effectivement promis, mais mieux vaut attendre d'être sortis de la ville. Te voir libre pourrait attiser des convoitises inutiles. »

Ne pouvant qu'être d'accord avec la logique de son interlocuteur, Rhaena acquiesça à contrecœur.

« Tu es prête ? l'interrogea Liam. J'ai passé suffisamment de temps dans cette ville, et je dois avouer que je ne suis pas mécontent d'en partir.

– C'est quand tu veux, je n'ai rien de plus à emmener. Mais je me demandais, tu as parlé de marcher vers le sud, mais tu n'as pas dit où est-ce que tu te rendais exactement.

– Si je ne l'ai pas dit, c'est parce que je ne vais nulle part en particulier. J'ai un objectif à atteindre, et les réponses que je cherche se trouvent au sud, voilà tout. Pourquoi tu me demandes ça ?

– Simple curiosité. Tu fais ce que tu veux, ça ne me concerne pas. On y va ?

– Avec plaisir… »

Sans s'attarder davantage, Liam remercia l'aubergiste et emboîta le pas de Rhaena. Il était encore tôt, et les rues de Valir étaient par conséquent presque vides. Ils marchèrent tous deux d'un pas vif et parvinrent rapidement hors de l'enceinte de la cité. Liam jeta un œil au soleil pour se repérer, puis sans un regard pour la ville qu'il laissait derrière lui, prit la direction du sud en compagnie de Rhaena.

✳✳✳

Ils voyagèrent toute la journée, ne s'arrêtant que pour de courtes haltes d'à peine quelques minutes. Alors que les dernières lueurs du jour menaçaient de disparaître, Rhaena désigna une petite clairière à l'écart de la route :

238

« Nous devrions nous arrêter et nous reposer un peu, voyager de nuit n'est pas sûr.

– Ça me va, je dois avouer que je suis plutôt fatigué », acquiesça Liam.

Aussitôt dit, les deux compagnons rassemblèrent rapidement un petit tas de bois que Liam embrasa d'un geste de la main avant de sortir un morceau de pain qu'il partagea avec sa nouvelle camarade. Épuisé, le mage fut tenté de plonger sans tarder dans le sommeil, mais surmontant sa fatigue, il s'approcha de Rhaena et posa la main sur le sceau d'esclavage. Un frisson incontrôlé parcourut la jeune fille pendant qu'il murmurait :

« Je te libère de ta servitude… »

Le cercle violet qui ornait la poitrine de l'elfe brilla une dernière fois d'une forte lumière, avant de s'estomper complètement.

« Merci, fit Rhaena avec soulagement.

– Ce n'est rien, je te l'avais promis. Et je tiens toujours mes promesses. Maintenant si tu n'y vois pas d'inconvénient, je vais me coucher, je suis épuisé, répondit Liam en s'allongeant »

Rhaena l'imita, posant la tête sur une vieille souche d'arbre couverte de mousse. La jeune fille ferma les yeux mais garda tous ses sens en alerte. Attentive, elle resta immobile pendant de longues minutes qui lui parurent interminables. Enfin, elle entendit le souffle de Liam devenir plus régulier, signe que le jeune homme s'était endormi. Rhaena ouvrit aussitôt les yeux et se releva d'un bond agile. Elle s'était suffisamment éloignée de la ville à son goût. Il était temps pour elle de tirer sa révérence et de se débarrasser de son compagnon. À pas feutrés, l'elfe se rapprocha de Liam et se saisit du couteau qui pendait à sa ceinture. Rhaena s'accroupit au-dessus de sa cible, et d'un geste précis, abattit l'arme sur le jeune homme.

Chapitre 14 : Confiance

Liam s'était profondément assoupi lorsqu'une vive douleur sur le dos de sa main le tira de son sommeil. Ce fut sans doute ce qui le sauva. Surpris, il se réveilla en sursaut et ouvrit les yeux juste à temps pour voir la lame se ficher à un cheveu de sa tête. Sans prendre le temps de comprendre ce qui lui arrivait, le jeune homme roula sur le côté pour se mettre hors de portée. Rhaena ne resta cependant pas inactive, et constatant l'échec de sa première tentative, se jeta aussitôt sur lui. Liam avait néanmoins eu le temps de tirer son épée. Il profita ainsi d'une allonge supérieure pour parvenir à tenir la jeune fille à distance, non sans difficulté. L'elfe virevoltait autour de lui, l'assaillant sans lui laisser le moindre répit. Bien qu'encore affaiblie par sa captivité, son maniement du couteau frôlait la perfection. Sa lame frappait toujours là où Liam s'y attendait le moins, avec une vitesse qui le forçait à rester sur la défensive. Rhaena ne tarda pourtant pas à comprendre qu'elle ne réussirait pas à passer la garde de son adversaire rapidement.

Elle perdit patience, et tendant sa main devant elle, libéra un éclair qui vint frapper la lame de Liam, pour la projeter hors de portée. Sûre de sa victoire, elle lança une deuxième attaque dans le but d'achever sa victime, mais à sa grande surprise, celle-ci n'atteignit pas sa cible. Un autre éclair avait jailli de la main de Liam, heurtant le sort de Rhaena dans une gerbe d'étincelles. Malgré sa surprise, l'elfe ne se laissa pas perturber. Un combat d'une violence rare commença alors. Des éclairs volaient dans les airs, déchirant les arbres et creusant de profonds sillons dans le sol. Les deux adversaires semblaient de force égale, et chaque attaque était rigoureusement contrée. L'affrontement était d'une telle intensité que la fatigue commença inéluctablement à se faire sentir. Les sorts lancés perdaient peu à peu en puissance, et la sueur perlait abondamment sur le front des deux adversaires. Voyant ainsi une faille se dessiner, Liam rassembla ce qui lui restait de forces et libéra une puissante attaque d'une main, tandis que des cordes de foudres jaillissaient de l'autre. Et si Rhaena parvint à bloquer l'attaque, les cordes attinrent quant à elles leur cible. Elles fendirent l'air avec précision et s'enroulèrent parfaitement autour de la jeune fille, lui plaquant les bras le long du corps. Poings et pieds liés, Rhaena comprit immédiatement qu'elle avait perdu le combat. Liam se rapprocha d'elle, puis semblant réfléchir, s'immobilisa à quelques pas de la jeune fille en la fixant longuement. Rhaena finit par s'impatienter et par briser le silence :

« Bon eh bien vas-y. On ne va pas y passer la nuit, achève-moi qu'on en finisse.

– Pourquoi est-ce que je ferais ça ?

– Je ne sais pas, peut-être parce que j'ai essayé de te tuer ?

– C'est justement ce qui m'interpelle. Il ne me semble pas avoir fait quoi que ce soit pour le mériter. Et je n'ai pas envie de te tuer.

– Pour le mériter ? Ton peuple a réduit le mien en esclavage et nous traite pire que des animaux. Les humains sont tous les mêmes. Vous êtes cupides, cruels et dénués de morale. Je l'ai vu de mes propres yeux, rien ne vous plaît plus que de faire souffrir les autres. Jusqu'à preuve du contraire, il semble que tu sois un Homme, et malgré ça, tu te permets de me demander pourquoi je veux ta mort ?

– Je ne nierais pas que certains correspondent à ta description. Mais la plupart des gens n'aspirent qu'à vivre en paix et en sécurité. S'ils se conduisent ainsi, c'est parce qu'ils ont peur de vous. C'est on ne peut plus naturel, ce qui est différent nous inquiète, et cette incompréhension conduit immanquablement à la haine. En y réfléchissant, les elfes et les humains réagissent exactement de la même manière.

– C'est n'importe quoi, ça n'a absolument rien à voir !

– Bien sûr que si. Tiens, par exemple, tu me hais pour le simple fait que je suis humain. Je n'ai rien fait qui te permette de douter de moi, pourtant tu as essayé de me tuer. Au fond, tu réfléchis exactement comme ceux que tu critiques.

– Je n'ai...

– On t'a fait du mal parce que tu es une elfe, et tu en as déduit que tu devais tuer tous les humains de ce monde. Et tu crois qu'en agissant comme ça, les choses vont s'améliorer ? Tu jettes uniquement de l'huile sur le feu. Ton peuple n'en souffrira que davantage.

– Parce que tu crois que j'ai le choix ? Tu voudrais que je me contente de la situation actuelle et que je continue à regarder les miens souffrir ? Tu es d'une naïveté...

– Je n'ai jamais dit qu'il ne fallait rien faire. Simplement que ta méthode n'était pas la bonne. Les hommes et les elfes ont vécu en harmonie pendant des centaines d'années. Le problème n'est pas les habitants de ce monde. C'est le monde en lui-même qui est corrompu par la haine et l'avidité.

– C'est bien beau tout ça, mais c'est impossible de changer le monde. Si c'était aussi facile, il y a longtemps que ça aurait été fait.

– Tu as raison, il est trop tard pour le changer. C'est pour ça que je vais le détruire. Et de ses cendres encore chaudes, j'en élèverai un nouveau où la guerre et la violence n'auront plus leur place. Tu peux penser que je suis un idéaliste si tu veux, mais je ne changerai pas d'avis. Je t'ai vue te battre, on dirait que tu as fait ça toute ta vie. Avec toi à mes côtés, les choses me seront considérablement facilitées. Je sais que tu n'as aucune raison de me faire confiance. Il est possible que je sois fou à lier ou peut-être complètement suicidaire. Je ne te promets pas le succès, mais je t'offre une solution pour faire vraiment bouger les choses. C'est pourquoi je te le demande : joins-toi à moi et ensemble nous créerons un monde nouveau. »

Rhaena hésita pendant un instant. Le visage de Liam était resté impassible mais une farouche détermination brillait dans ses yeux, une détermination capable de renverser des montagnes. Sans cela, Rhaena l'aurait immanquablement pris pour un fou, mais la jeune fille était à présent tentée de le croire, de saisir l'espoir qu'il lui tendait. Au bout de quelques secondes, elle finit par prendre sa décision.

« Ce n'est qu'un rêve que tu as là. Je ne suis pas encore prête à me jeter corps et âme dans un projet aussi fou que celui-là. Tu ne m'offres aucune garantie, et comme tu l'as dit, je n'ai aucun moyen de te faire confiance, d'être sûre que tu ne mens pas. Il y a encore des choses que je souhaite faire, et des gens que je veux revoir. Je te souhaite de réussir, mais je suis désolée, ce sera sans moi. »

Rhaena jura avoir vu une profonde déception traverser momentanément le visage de Liam avant qu'il ne réponde :

« Je vois… c'est ton choix après tout. Qu'est-ce que tu comptes faire à présent ?

– J'ai séjourné pendant un petit moment dans un village à moins d'une demi-journée de marche d'ici. Je m'y suis sentie presque chez moi, je pense que je vais y retourner au moins pendant un moment. Si tu me libères de ces cordes.

– Oh oui bien sûr, en espérant que tu ne me sautes pas à la gorge dès que j'aurai le dos tourné, ironisa Liam. Mais j'imagine que je ne peux pas te demander de me faire confiance si je ne le fais pas moi-même.

– Ne sois pas sarcastique, déclara Rhaena en se relevant. Tu aurais probablement fait la même chose à ma place. Et même si nous ne voyons pas les choses de la même façon, ce que tu as dit m'a fait réfléchir.

– Et ?

– Il est possible que j'aie agi de façon un peu trop… extrême, admit Rhaena à contrecœur.

– C'est un euphémisme, bougonna le jeune homme. Mais soit, je te pardonne.

– Je ne me souviens pas m'être excusée…

– C'est un détail ça. Mais revenons à nos moutons, vers quelle direction se trouve ce village ?

– Si ma mémoire est bonne, au sud-est d'ici.

– Très bien, je t'accompagne.

– Pardon ? Non, je ne pense pas que…

– J'insiste. Bien que nous nous soyons éloignés de Valir, les routes ne sont toujours pas sûres. Je n'aurai pas la conscience tranquille si tu te refais capturer après avoir dépensé autant d'argent pour te libérer, railla le jeune homme. De toute façon c'est sur mon chemin, autant faire le voyage à deux.

– Bon, si ça peut te faire plaisir, j'imagine que je ne pourrai pas te faire changer d'avis…

– Parfait, profitons des quelques heures de sommeil qu'il nous reste, le soleil ne va pas tarder à se lever. »

Rhaena acquiesça, et imitant Liam qui s'était déjà rallongé comme si rien ne s'était passé, trouva une position confortable et ferma les yeux.

***

Lorsque les premières lueurs du jour sortirent Liam de son sommeil, le jeune mage eut l'impression qu'il venait à peine de s'endormir. Il se releva avec difficulté, ses muscles encore engourdis par le sommeil. Liam regarda autour de lui mais ne vit Rhaena nulle part. Craignant un instant qu'elle ne soit partie sans lui, il s'empara rapidement des quelques biens qu'il possédait. Soudain un craquement le fit se retourner en sursaut.

« Bah alors, c'est moi qui te fais paniquer comme ça ? sourit Rhaena en sortant des fourrés.

– Je pensais que tu étais partie, expliqua Liam en soupirant.

– Je ne nierais pas que cette idée m'a effleuré l'esprit, mais en l'occurrence je suis juste allée chercher le petit déjeuner, répondit la jeune fille en désignant le petit arlac qu'elle portait.

– Toi tu sais comment me réveiller, saliva Liam avec un air enthousiaste. Je crois bien que je ne me lasserai jamais du goût de cette bestiole.

– Ça doit être la viande la plus tendre de Lysarian, acquiesça Rhaena. Je vais la dépecer, si tu peux préparer le feu en attendant... »

Liam obtempéra, rassemblant rapidement quelques bouts de bois, tandis que Rhaena préparait le repas. En quelques minutes, l'arlac se transforma en fines tranches de viande qui cuisaient au-dessus du feu en répandant une odeur exquise aux alentours. Aussitôt la viande prête, les deux compagnons se jetèrent dessus, et en moins de temps qu'il ne faut pour le dire, le petit animal avait définitivement disparu. Voulant profiter de la chaleur encore modérée du petit matin, Liam et Rhaena décidèrent de reprendre la route sans perdre davantage de temps. Douée d'une excellente mémoire, la jeune elfe se souvenait parfaitement de l'emplacement du village et se plaça logiquement devant son compagnon. Cette partie de la forêt était néanmoins particulièrement rocailleuse, et si les deux voyageurs progressèrent à vive allure les premières heures, ils finirent logiquement par ralentir lorsque la fatigue les gagna. Soudain, Rhaena s'arrêta net, si bien que Liam manqua de la renverser.

« Baisse-toi, fit-elle à mi-voix.

– Qu'est-ce qu'il y a ?

– J'ai senti une présence, quelqu'un nous observe.

– Tu es sûre ? Je n'ai rien vu d'inhabituel…

– Fais-moi confiance, je ne me trompe jamais quand il s'agit de détecter un mouvement.

– Très bien, tu sais où exactement ?

– Pas vraiment, mais je pense qu'ils sont plusieurs. Ils sont plutôt discrets, j'ai du mal à les localiser.

– Il suffit que nous restions cachés et qu'on les laisse passer, puis…

– On ne bouge plus ! ordonna une voix derrière eux. Je vous déconseille le moindre mouvement brusque, il y a une dizaine d'archers qui vous tiennent en joue.

– Il dit la vérité, répondit Rhaena à l'interrogation silencieuse de Liam, ils sont dans les arbres tout autour de nous.

– Bien maintenant vous allez mettre ça, puis vous retournez tout doucement », reprit la voix en leur jetant deux chaînes d'un noir profond.

Obéissant, Liam ramassa les chaînes, rapidement imité par Rhaena. Au moment où ses doigts entrèrent en contact avec le métal, le jeune mage sentit son pouvoir se faire aspirer.

« Du sombre-acier », gémit-il d'un air contrarié..

Arrivée à la même conclusion, Rhaena acquiesça la mine sombre, mais les deux compagnons n'avaient pas d'autre choix que d'obéir. Ils attachèrent donc les chaînes autour de leurs poignets, avant de se retourner lentement vers le propriétaire de la voix.

« Rhaena, c'est toi ? demanda Thanhir en sortant de l'ombre.

– Qu'est-ce que vous faites ici ? demanda Rhaena, prise au dépourvu. Le village est encore assez loin d'ici…

– On fait des patrouilles plus loin qu'avant depuis que… enfin tu vois ce que je veux dire. Mais on ne s'attendait pas à tomber sur toi, pour être honnête, on pensait que tu étais morte en même temps que Tom.

– J'ai été capturée par des marchands d'esclaves, mais me revoilà. En revanche, ce serait possible de nous enlever ça ? demanda Rhaena en agitant les chaînes devant elle.

– Oh oui, bien sûr excuse-moi », fit Thanhir en s'empressant de la libérer de ses liens.

Brusquement, l'elfe se raidit, le regard braqué sur Liam.

« Rhaena, est-ce que tu veux bien m'expliquer ce que tu fais avec un humain ? Ne me dis pas que vous voyagez ensemble…

– C'est plus compliqué que ça, c'est lui qui m'a libérée…

– Et alors ? Ça reste un humain, tu aurais dû le tuer dès qu'une occasion se serait présentée.

– J'ai essayé, mais j'ai perdu. Il aurait dû me tuer, pourtant il n'a rien fait, et m'a dit que j'étais libre d'aller où je le souhaitais. Il m'a même proposé de m'accompagner jusqu'ici pour m'éviter des problèmes superflus. Il n'est pas comme les autres.

– Mais tu t'entends parler ? Tu es décidément devenue bien naïve. C'est un Homme, il a forcément une idée derrière la tête. Tu crois qu'il t'a aidée par pure bonté de cœur ? Ça crève les yeux, la seule chose qu'il voulait, c'est que tu le conduises jusqu'ici. Heureusement qu'on vous a trouvés avant, sinon tu aurais pu être responsable de la destruction du village…

– Je ne sais pas… mon instinct me dit qu'il n'a pas de mauvaises intentions…

– Vois où t'as menée ton instinct jusqu'à présent, assena Thanhir avant de se retourner vers les elfes toujours cachés dans la forêt. Emmenez l'humain jusqu'au village et attachez-le solidement.

– Qu'est-ce que vous allez faire de lui ? demanda Rhaena pendant que Liam était emmené dans la forêt.

– Simplement ce que tu aurais dû faire depuis longtemps. Et n'essaye pas de discuter, la stoppa l'elfe. Il sait que le village n'est pas loin d'ici, je ne peux en aucun cas le laisser repartir. Allez viens, tu finiras par comprendre que c'est la seule solution. »

Toujours hésitante, Rhaena finit cependant par s'exécuter et suivit Thanhir sur le chemin menant au village. Elle se sentait perdue, se demandant sans cesse s'il était possible que Liam l'ait manipulée avec tant de facilité. Elle avait beau essayer, elle ne parvenait pas à s'en convaincre complètement. Pourtant les paroles de Thanhir résonnaient constamment dans sa tête, comme un avertissement. Aussi loin qu'elle s'en souvienne, Rhaena avait toujours haï les humains, et cette haine n'avait fait que s'intensifier avec le temps. Pourtant voilà qu'elle avait défendu Liam, et qu'elle ressentait même une pointe de tristesse à l'idée qu'il allait mourir. En d'autres circonstances, elle aurait presque pu en rire tant la situation était ironique.

✳✳✳

Liam n'essaya pas de se défendre lorsque les elfes le traînèrent sans ménagement dans la forêt, bien conscient que cela aurait été totalement inutile. On lui passa un sac sur la tête pour l'empêcher de voir autour de lui, mais il entendit distinctement ce qui lui sembla être le bruit d'une cascade. Quelques instants plus tard, les pas des elfes qui l'accompagnaient devinrent plus lourds et commencèrent à résonner contre ce qui devait être les parois d'un tunnel. *C'est peut-être la dernière fois que je vois le soleil,* pensa le jeune homme en comprenant que le petit groupe s'enfonçait dans les profondeurs. Ce fut donc non sans un certain soulagement qu'il sentit à nouveau la chaleur du soleil sur sa peau. On le tira encore pendant quelques minutes, puis quelqu'un lui enleva le sac, et Liam put observer le village qui l'entourait. Il eut néanmoins à peine le temps de jeter un bref coup d'œil autour de lui, que déjà, on le traînait dans une petite cabane, avant de l'attacher minutieusement à un solide poteau. On lui fit ensuite boire un breuvage amer, et Liam sentit aussitôt qu'il perdait le contrôle de ses membres. Il resta ainsi seul pendant ce qui lui sembla être une éternité, incapable de bouger, lorsqu'il entendit enfin quelqu'un entrer dans la petite bâtisse.

« Est-ce que c'est vrai ? Est-ce que tu m'as menti juste pour que je t'amène jusqu'ici ? demanda Rhaena en s'agenouillant à côté de lui.

– Qu'est-ce que tu en penses, toi ? Ton avis a plus de valeur que ma réponse. De toute façon, que je t'aie menti ou non, je te répondrai que c'est faux.

– Je ne sais plus trop quoi penser… Mais je veux que tu me regardes droit dans les yeux lorsque tu me répondras, alors sois honnête, je le sentirai si tu me mens. Quand tu m'as achetée, c'était simplement pour me libérer ? Ou est-ce que tu voulais autre chose ?

– Il y avait bien autre chose, répondit Liam après une brève hésitation. Mais ce n'est pas ce que tu crois, c'est plus compliqué que ça…

– Je vois, j'aurais dû m'en douter après tout. Thanhir avait raison, les humains ne font jamais rien sans arrière-pensée.

J'aurais voulu qu'il se trompe. Sincèrement. Mais je suis décidément bien trop naïve. Et dire que j'ai avalé bêtement tout ce que tu me racontais…

– Attends…

– Il n'y a rien de plus à dire, l'interrompit Rhaena en se relevant. J'espère que tu auras au moins quelques regrets avant de mourir. »

Sans lui laisser le temps de répondre, Rhaena sortit de la cabane en trombe. Liam aurait voulu lui crier qu'elle se trompait, que jamais il ne lui avait menti, mais au fond de lui, il savait que c'était inutile. La jeune elfe était à présent convaincue de sa culpabilité, et même dans le cas où il arriverait à la convaincre, elle ne pourrait pas le libérer sans s'attirer les foudres de son peuple. Il aurait certes pu lui mentir en affirmant qu'il avait agi par pure gentillesse, mais cette idée lui répugnait au plus haut point. Une colère sourde grandissait cependant en lui. Il ne voulait pas mourir ici. Pas maintenant, alors qu'il n'avait encore rien accompli. Dans un élan de désespoir, il tenta de faire appel à son pouvoir, mais sa magie intégralement absorbée par le sombre-acier ne se manifesta que par quelques étincelles inoffensives. Dépité, Liam finit par abandonner à contre-cœur. Sans échappatoire, il ne put que patienter dans l'attente de l'inéluctable.

Chapitre 15 : Promesse

Rhaena se sentait trahie. Un mélange de tristesse et de colère qui la prenait à la gorge. Pendant un moment, elle avait enfin cru pouvoir faire confiance à un humain. Pourtant on lui avait une nouvelle fois menti. Elle avait bien vu une sorte de tristesse traverser brièvement les yeux de Liam, mais elle était à présent certaine qu'il ne l'avait pas achetée sans arrière-pensée. Rhaena ne cessait de se répéter que la mort d'un humain lui importait peu et qu'il méritait certainement son sort. Elle ne put malgré tout s'empêcher d'avoir un pincement de cœur en voyant deux elfes tirer le jeune homme hors de la cabane. Rhaena refusa cependant de se laisser émouvoir et s'obligea à rester simple spectatrice, à ne pas intervenir. Les elfes poussèrent Liam dans le dos, le forçant à s'agenouiller et à poser sa tête sur un épais rondin de bois. Entre le breuvage immobilisant son corps et les chaînes en sombre-acier qui liaient toujours ses membres entre eux, les elfes ne prirent pas la peine de l'attacher pour l'empêcher de bouger. Après tout, quoi qu'il arrive, il ne pourrait pas s'enfuir. Rhaena croisa un bref instant son regard, mais contrairement à ce qu'on pouvait attendre, elle n'y vit pas de peur. Seulement une étrange déception. La jeune elfe n'eut cependant pas le temps de s'interroger plus longuement car déjà, Thanhir s'approchait du condamné, une longue épée dans le creux de sa main. Sans s'encombrer de plus de cérémonie, le chef du village jeta un regard rempli de dédain sur le jeune homme, avant de lever l'arme au-dessus de sa tête. Pendant une fraction de seconde, la lame resta en suspens, reflétant les rayons du soleil couchant. Rhaena serra malgré elle le poing si fort que ses ongles s'enfoncèrent dans sa paume jusqu'au sang. Soudain un cri retentit, frappant l'assistance comme un coup de fouet :

« Ils nous ont retrouvés, ils arrivent ! »

Comme pour étayer ces propos, une horde de soldats armés jusqu'aux dents jaillirent brusquement des galeries en beuglant. Aussitôt, la panique se propagea comme une traînée de poudre. Les elfes terrifiés se mirent à courir dans tous les sens, poussant des cris pour la plupart incompréhensibles. Quelques-uns tentèrent de résister, mais si les elfes étaient de formidables archers, ils devenaient cruellement vulnérables en terrain découvert. Une à une, leurs flèches venaient se ficher dans les boucliers de leurs ennemis, ne causant pas plus de dégâts qu'une piqûre de moustique. Les soldats ne tardèrent pas à riposter, et leurs flèches se mirent quant à elles à pleuvoir sur le village, transperçant les villageois sans protection. Rhaena garda son sang-froid et jeta un rapide regard autour d'elle. La plupart des habitants s'étaient réfugiés dans une maison, et les quelques elfes qui pouvaient combattre s'étaient mis à l'abri derrière un chariot. La jeune fille aperçut du coin de l'œil Liam, toujours enchaîné, ramper difficilement derrière un arbre, mais n'avait pas le temps de s'en préoccuper. Elle ramassa un couteau qui traînait par terre et courut vers les soldats. Ces derniers, d'abord surpris, finirent par se reprendre, et chargèrent l'elfe audacieuse qui leur faisait face. Sans ralentir, Rhaena utilisa sa magie pour réduire en miettes la nuée de flèches qui plongeaient dans sa direction, et roulant au sol, transperça le premier soldat qui se présenta face à elle. Sans s'arrêter, elle para la lame du suivant, avant de lui faire connaître le même sort. Plusieurs elfes retrouvèrent leur courage à la vue de cette scène, et menés par Thanhir, sortirent de leurs cachettes pour charger à leur tour l'ennemi. Pour la première fois, le doute commença à se répandre dans les rangs des soldats. Rhaena semblait intouchable. La jeune fille tourbillonnait parmi eux, ne laissant que des cadavres derrière elle. Elle foudroya un groupe qui se faisait menaçant et s'apprêtait à réitérer la chose sur un autre quand brusquement, le sol se mit à bouger sous ses pieds. La terre se souleva brutalement, emportant comme un raz de marée Rhaena, les elfes, et les soldats qui eurent le malheur de se trouver là. Quand elle se releva, couverte de terre, la jeune fille constata avec tristesse que peu de ceux qui l'avaient suivie étaient encore en vie. Rhaena chercha rapidement du regard l'origine de l'attaque et repéra aussitôt trois hommes enveloppés de capes rouges, qui se rapprochaient au milieu des soldats. Sans crier gare, elle lança un puissant éclair dans leur direction, mais ses adversaires avaient malheureusement l'avantage du nombre. Les trois hommes levèrent la main et bloquèrent sans la moindre difficulté son offensive. La contre-attaque fut quant à elle si violente que Rhaena fut forcée de poser un genou à terre. À bout de force, elle ne put éviter la seconde offensive. Des lianes sortirent du sol, entourant son corps à une vitesse folle pour l'immobiliser, si bien qu'elle ne pouvait plus bouger ne serait-ce que le petit doigt. Avec une insupportable satisfaction sur le visage, le mage qui semblait diriger le groupe s'adressa aux survivants du village :

« Nous sommes trois fois plus nombreux que vous ! Nous pourrions sans aucun doute tous vous tuer jusqu'au dernier, mais je sais me montrer magnanime. Rendez-vous ! Au nom du seigneur de ces terres, je vous assure que vous aurez la vie sauve. Tous sauf toi, reprit-il en s'adressant à Rhaena. Je compte bien m'amuser un peu avec toi. Je pourrais commencer par trancher ces affreuses oreilles, juste pour voir si tu continuerais à me regarder avec ce regard plein de défi. Et puis quand je serai las de te torturer, il me suffira de te livrer à mes chiens. Mes bêtes sont toujours affamées, je suis sûr qu'elles apprécieront le cadeau... »

Tandis que l'homme se délectait à imaginer l'étendue des supplices qu'il allait lui infliger, Rhaena sentit sa détermination flancher. Des souvenirs des semaines qu'elle avait passées sous la coupe de Crom lui revenaient en mémoire, comme un avant-goût de ce qui l'attendait. La panique commençait à s'emparer d'elle. La mort lui semblait à présent une douce délivrance qui lui permettrait d'échapper à ce nouveau calvaire. Alors qu'elle était aux portes du désespoir, une voix calme la tira soudain de l'état de transe dans lequel elle se trouvait :

« Je crains de ne pas pouvoir vous laisser faire ça. »

***

Tous les regards se tournèrent vers Liam, passé inaperçu jusque-là. Tête baissée, il s'était adossé à l'arbre derrière lequel Rhaena l'avait vu se cacher, s'en servant ainsi pour rester debout malgré les chaînes qui lui liaient les mains et les jambes. L'effet de la drogue qu'il avait bue semblait s'être dissipé plus tôt que prévu, car il paraissait avoir finalement récupéré le contrôle de ses membres.

« Ah oui, et pourrait-on savoir ce que tu comptes faire ? se moqua l'homme en rouge d'un ton sarcastique. Sans vouloir te vexer, tu es enchaîné de la tête aux pieds avec du sombre-acier, je vois mal comment tu pourrais me dicter ma conduite.

– Peu m'importe ce que tu penses, répondit le jeune homme. J'ai fait une promesse, et je compte bien la tenir. »

264

Quand Liam releva la tête, tous purent voir le feu qui brûlait dans ses yeux. Brusquement, le phénix se mit à briller aveuglément sur sa main. Une aura enflammée vint entourer son corps, et les chaînes, submergées par l'afflux soudain d'un immense pouvoir, furent aussitôt réduites en cendres avec autant de facilité que si elles avaient été en papier. Interloqués, les soldats eurent un mouvement de recul, mais leur chef ne se laissa pas démonter.

« C'est du bluff ! leur cria-t-il. Personne ne peut briser du sombre-acier avec de la magie. Il est seul, apportez-moi sa tête ! »

Disciplinés, les soldats s'exécutèrent à contrecœur et tirèrent une pluie de flèches en direction de Liam. Le jeune mage n'eut néanmoins pas à esquisser le moindre geste. La chaleur qui entourait son corps était si intense que le sol se craquelait sous ses pas, aussi les flèches furent-elles instantanément réduites en cendres. Furieux, les trois mages en rouge projetèrent une pluie de roches sur le jeune homme, mais ce dernier les écarta d'un simple geste de la main. Alors Liam tendit la main vers les soldats qui lui faisaient face. Capable de sentir la magie, une terreur intense traversa aussitôt le visage des mages. Et ce fut probablement

la dernière émotion qu'ils ressentirent avant d'être englou-
tis par le torrent de flammes que fit jaillir Liam. En un clin
d'œil, il ne resta plus une trace des soldats qui s'étaient
trouvés là. Peu à peu, le pouvoir qui entourait le jeune
homme disparut, regagnant son corps comme si de rien
n'était, tandis que le phénix brilla une dernière fois avant
de disparaître à nouveau. Épuisé, le mage s'écroula aussitôt
au sol, inerte.

***

Lorsque Liam reprit conscience, Rhaena était penchée
au-dessus de lui avec une mine inquiète.

« Comment tu te sens ? demanda-t-elle en le voyant ouvrir
les yeux.

– J'ai connu mieux, grogna le jeune homme en se redressant
avec difficulté. Qu'est-ce qu'il s'est passé ?

– Tu ne te souviens pas ?

– Dans les grandes lignes, mais le reste est encore un peu
flou.

– Eh bien, je ne sais pas trop comment expliquer ça… à vrai dire, j'ai encore du mal à admettre ce que j'ai vu. J'ai déjà rencontré beaucoup de mages, certains parmi les plus puissants de Lysarian, mais ta magie… c'était complètement différent. Tu as fait disparaître tous les soldats d'un seul coup, comme s'ils n'avaient jamais existé. Je n'avais jamais vu ça, tu semblais totalement inarrêtable, on aurait même dit que tu étais possédé. Et puis, je n'arrive toujours pas à expliquer que tu aies pu utiliser la magie du feu.

– Je vois, il a encore fait des siennes…

– De quoi est-ce que tu parles ?

– Eh bien je suppose que ça ne sert plus à rien de te le cacher... c'est arrivé assez récemment à vrai dire. Alors que j'étais aux portes de la mort, mon *unique* s'est manifesté pour me sauver la vie. Depuis, il fait des apparitions régulières sous la forme d'un phénix qui brille sur le dos de ma main.

– Je n'ai jamais rien entendu de semblable, et pourtant j'ai beaucoup voyagé. Les *uniques* n'ont pas pour habitude de prendre une forme visible. À ma connaissance, ce n'est même jamais arrivé.

– C'est la vérité pourtant. Tu vas peut-être me prendre pour un fou, mais parfois j'ai l'impression qu'il a une vie propre. Par exemple, il a une fâcheuse tendance à apparaître alors que je ne lui ai rien demandé. Mais d'ailleurs, comment sais-tu autant de choses sur les *uniques* ?

– Je te l'ai dit, j'ai beaucoup voyagé, répondit Rhaena en se mordant la lèvre. Donc si j'ai bien compris, ton *unique* te permet d'utiliser la magie du feu ? reprit-elle en changeant de sujet.

– C'est ça. Je ne le maîtrise pas encore parfaitement, mais j'arrive la plupart du temps à faire appel à lui. Pour être honnête, c'est une sensation assez difficile à décrire. J'ai l'impression de pouvoir puiser dans un puits sans fond, si bien que j'ai parfois peur de me faire submerger par cette puissance, de me faire emporter par son passage. Et puis, il y a certaines fois où j'ai l'impression qu'il influe sur mes émotions.

– Il n'y a pas à dire, il y a vraiment quelque chose qui cloche. Ton *unique* n'est pas normal. Je ne saurais dire si je dois m'en inquiéter ou m'émerveiller…

– Probablement un peu des deux. D'ailleurs, il y a quelque chose dont je voulais te parler. Quand tu m'as demandé si un autre élément avait influencé ma décision de t'acheter, j'ai répondu que oui, mais je ne t'ai pas donné plus d'explications. Je sais que j'aurais dû te le dire, mais je n'ai pas osé. C'était lui. Quand je suis passé à côté de toi, il m'a en quelque sorte poussé à agir. Pour une raison que j'ignore, il semblait absolument vouloir que je t'achète.

– Au point où j'en suis, plus rien ne m'étonne… mais ça tombe bien que tu abordes le sujet. Il me semble que je te dois des excuses.

– Ce n'est pas la peine, ça n'a plus d'importance maintenant.

– Si, c'est important. Tu m'as probablement sauvé la vie en me libérant à Valir, mais moi je n'ai cessé de te suspecter et de vouloir ta mort. Et voilà que malgré tout, tu me sauves une nouvelle fois la vie. Oh ne te méprends pas, je hais toujours autant les humains. Mais j'ai l'impression que je peux, non, que je dois te faire confiance. J'ai pris ma décision. J'ai une dette envers toi et je la paierai. Je te suivrai et t'aiderai à accomplir ton objectif du mieux que je peux. Du moins si tu l'acceptes.

– Rien ne me ferait plus plaisir, répondit Liam sur un ton jovial.

– Eh bien c'est décidé alors. Tu comptes toujours marcher vers le sud ?

– Absolument. Je n'ai plus de doute à présent, je sais exactement ce que je dois faire.

– Très bien. Tu m'as l'air d'aller bien, mais essaye de te reposer un peu, je vais voir s'il y a des blessés qui ont besoin de mon aide. »

Hochant la tête, Liam suivit du regard la jeune fille qui s'éloignait, et pour la première fois depuis une éternité, l'ombre d'un sourire se dessina au coin de ses lèvres.

Chapitre 16 : Révélation

Akan se mêla à la foule, jouant des coudes pour se faire une place. Voilà des mois qu'il avait rejoint la ligne de front. Contrairement à ce qu'il laissait entendre officiellement, le duc Corvis ne semblait pas pressé de mettre un terme à la guerre. Le noble s'était contenté d'ordonner quelques missions de reconnaissance, mais n'avait lancé aucune offensive de grande ampleur depuis son arrivée. Cette passivité apparente, qui ne collait pas le moins du monde avec la personnalité du duc, éveilla naturellement la suspicion d'Akan. Cependant, malgré tous ses efforts, il ne parvint pas à découvrir quoi que ce soit d'anormal dans son comportement. Le duc agissait de manière tout à fait habituelle, passant en revue les troupes, discutant avec les officiers et s'assurant de la bonne tenue du ravitaillement. Et alors que nombre d'entre eux pensaient que la venue du duc annonçait la fin de la guerre, les hostilités semblaient au contraire mises en suspens. Tout le camp astirien sombrait peu à peu dans une passivité soporifique. Évidemment, les choses ne pouvaient pas rester ainsi. Fatigué de cette guerre qui minait à la fois le moral de son peuple et les coffres de la couronne, le roi avait décidé de se rendre en personne sur le front. Comme sentant que les choses allaient enfin bouger, tous les soldats se pressaient aux abords du camp pour accueillir le souverain d'Astiria. Akan parvint à se faufiler pour atteindre une position avantageuse, et put ainsi observer en détail l'arrivée du roi. Vêtu d'une armure étincelante, Tyrius 1er menait la marche, juché sur un énorme griffon. Le monarque avait fière allure et semblait avoir retrouvé toute sa jeunesse. Son teint, bien plus illuminé qu'à l'habitude, estompait presque entièrement les rides qui marquaient son visage, tandis que sa longue chevelure grise ceignait sa tête telle une couronne d'argent. Regardant droit devant lui, il semblait empreint d'une détermination à toute épreuve. Derrière lui chevauchaient les mages chargés de sa protection, menés par Eadgar en personne. Il arborait son habituelle tunique bleue, et bien que vêtu de manière plutôt modeste, dégageait assurément une prestance hors du commun. Croisant un instant son regard, Akan le salua d'un signe de tête, auquel le mage royal répondit d'un simple sourire amical. Enfin, en queue de convoi, marchaient les membres de la garde royale. Ces soldats d'élite portaient de splendides armures recouvertes d'or et d'argent, rendues éblouissantes par la lumière du soleil qui s'y réfléchissait. Conquis par ce spectacle, les soldats poussaient de vives acclamations au passage du roi, brandissant leurs épées en son honneur. Fidèle à ses obligations, Akan ne put cependant s'attarder plus longtemps parmi les soldats. Le duc Corvis n'allait pas tarder à accueillir le roi, et en sa qualité d'aide de camp, il se devait de se tenir à ses côtés. Akan s'extirpa tant bien que mal de la cohue et parvint à rejoindre le noble au moment où le souverain mettait pied à terre. Le duc Corvis s'inclina devant son roi avec une raideur presque hypocrite.

« Votre Majesté… j'espère que vous avez fait bon voyage, déclara-t-il d'un ton mielleux. Si vous souhaitez vous reposer, mes hommes ont déjà monté votre tente.

– Ce ne sera pas nécessaire, grogna le monarque. Nous n'avons pas le temps pour ça, je ne compte pas m'éterniser ici. Cette guerre n'a que trop duré, il est plus que temps d'y mettre un terme. Et puisque vous vous êtes révélé incapable de vous en occuper, je prends désormais les choses en main. Ne perdons pas davantage de temps, réunissez immédiatement les officiers dans la tente de commandement.

– À votre guise Sire », répondit le duc en réprimant de justesse un rictus haineux.

✳✳✳

Contrairement à ce que son comportement pouvait laisser penser, le duc Corvis se révéla étonnamment efficace. En quelques minutes, tous les dirigeants de l'armée se retrouvèrent sous la large tente qui faisait office de quartier général. Une longue table en bois de frêne y avait été dressée à la hâte, occupant la majeure partie de l'espace. Privilège de son rang, le roi s'assit en bout de table, rapidement imité par ses subordonnés.

« Bien mes seigneurs, commença le roi une fois que le calme fut revenu. Inutile de nous perdre en discussions superflues. Je serai clair : d'une façon ou d'une autre, cette guerre touche à sa fin. Dès que les préparatifs seront achevés, nous lancerons une attaque décisive. Alors je veux des propositions, il nous faut impérativement une stratégie efficace.

– La force de l'armée d'Anrid se trouve en son centre, affirma un noble au visage marqué d'une longue balafre,

274

après seulement quelques secondes de réflexion. Lancer un assaut de front serait probablement suicidaire.

– Mais encore ? Développez seigneur Bohros.

– Eh bien, nos deux camps sont séparés par les plaines mortes. Et elles portent bien leur nom, rien n'y pousse et le terrain est parfaitement plat. Par conséquent, notre cavalerie pourra manœuvrer sans la moindre difficulté. Je propose donc de lancer notre force principale d'infanterie contre le cœur de l'armée anridienne.

– Vous avez perdu la tête ! s'exclama un autre noble à vive voix. Nos troupes se feraient massacrer ! Tout le monde sait que la garde de fer est impénétrable !

– Un instant seigneur Pohri, intervint le roi. Il me semble que le duc Bohros n'a pas encore achevé son raisonnement.

– Effectivement. La stratégie que je propose se base précisément sur le fait que notre centre devra se faire enfoncer. Et c'est alors que le piège se refermera. À l'instant où nos troupes auront fixé celles de l'ennemi, notre cavalerie pourra entrer en jeu. Nous frapperons leurs flancs au moment où ils s'y attendront le moins. Couper leur armée en deux ne sera plus qu'une formalité. Nous n'aurons alors qu'à encercler la garde de fer pour remporter la victoire. Peu importe la puissance de cette unité d'élite, leur sort sera scellé instantanément.

– Je maintiens que je n'aime pas ce plan, marmonna le seigneur Pohri. C'est beaucoup trop risqué, si notre centre venait à céder, notre état-major serait complètement exposé.

– Dans ce cas, quelqu'un a une autre idée à proposer ? » demanda Tyrius en souriant.

Ne recevant qu'un lourd silence en guise de réponse, le roi regarda une dernière fois la carte posée devant lui, puis déclara d'une voix forte :

« Alors c'est décidé. Ce plan est audacieux, voire téméraire, mais cela me plaît. Bon travail seigneur Bohros.

– Merci Votre Majesté, répondit l'intéressé en inclinant légèrement la tête.

– Nous attaquerons donc dans deux jours, à l'aube. Je compte sur vous pour que toutes nos troupes soient prêtes au combat d'ici là. Et avec l'aide des dieux, les plaines mortes seront bientôt à nous. Au travail maintenant ! »

S'inclinant respectueusement, les officiers sortirent aussitôt de la tente. Assis sur un tonneau, Akan attendit que le duc Corvis arrive à sa hauteur pour lui emboîter le pas. La journée était déjà bien avancée, et ce dernier se dirigea donc immédiatement vers sa tente. Conformément à son rang, celle-ci était plutôt spacieuse. Comme la majorité des nobles, le duc tenait évidemment à garder un certain confort. Alors qu'Akan s'apprêtait à l'y suivre, l'homme l'arrêta net.

« Tu peux prendre ta soirée, fit-il calmement. Tu dois être épuisé, je peux me débrouiller tout seul.

– À votre guise », répondit Akan en tâchant de cacher sa surprise.

L'espion ne pouvait qu'obéir et commença donc à s'éloigner. Mais à l'instant où il fut certain d'être hors de vue, il s'empressa de faire demi-tour. Le comportement du duc n'était pas normal. Se soucier des autres ne lui ressemblait pas. En vérité, Akan n'avait jamais vu le duc porter le moindre intérêt à qui que ce soit d'autre que lui-même. Se faufilant discrètement, un petit sourire satisfait se dessina sur son visage. Son instinct ne l'avait pas trompé. Le duc, qui venait de sortir de sa tente, jeta un regard inquiet autour de lui, puis se dirigea d'un pas vif vers la forêt qui bordait le camp. Akan resta quant à lui à bonne distance et s'efforça de le suivre en le gardant dans son champ de vision. Le duc Corvis marcha pendant de longues minutes avant de s'arrêter finalement dans une petite clairière. Assis sur un rocher, il semblait attendre quelqu'un. Et sa patience fut rapidement récompensée. Un homme vêtu d'une longue cape cachant son visage sortit des feuillages et se dirigea vers lui. Akan tendit l'oreille et écouta avec attention les paroles des deux hommes :

« Alors ? s'enquit le nouveau venu.

– Tout se passe comme prévu, répondit le duc. Il ne se doute de rien. Notre armée lancera une attaque dans deux jours, à l'aube.

– Une stratégie ?

– Tout est écrit là-dessus, acquiesça le noble en sortant un morceau de parchemin.

– D'autres informations ?

– Rien de très important.

– Parfait.

– Certes. À présent, j'ai rempli ma part du marché. J'ose espérer que vous ferez de même.

– Vous n'avez pas d'inquiétude à avoir. Nous n'avons qu'une parole. Comme convenu, vous aurez la moitié nord du pays une fois que nous l'aurons conquis. »

Akan sentit un frisson d'excitation parcourir sa nuque. Après des mois à espionner vainement le duc, voilà qu'enfin ce dernier commettait une erreur. Voyant la discussion arriver à son terme, il commença à faire demi-tour. Le roi devait apprendre au plus vite la trahison du duc, ou la bataille serait perdue d'avance. Soudain, Akan sentit une main se poser sur son épaule. Pris par surprise, il n'eut pas le temps de réagir. Trois soldats se jetèrent sur lui et le maîtrisèrent sans grande difficulté. L'un de ses agresseurs, sans doute pour faire bonne mesure, le frappa violemment au visage. Akan sentit aussitôt son sang gicler, pendant qu'une vive douleur lui vrillait le crâne. À moitié aveuglé, l'espion comprit immédiatement que son nez était cassé. Les trois hommes ne lui laissèrent cependant pas le temps de se remettre et le traînèrent à travers les bois. Quand les soldats s'arrêtèrent enfin, Akan leva la tête, et croisa le regard froid que le duc posait sur lui.

« Débarrassez-vous de lui, ordonna-t-il sans lui adresser la parole. Discrètement. Ensuite, faites le tour des environs, juste par précaution. »

Les trois soldats acquiescèrent et emmenèrent aussitôt Akan dans les sous-bois, tandis que le duc tournait les talons sans une once de pitié. L'un des hommes tira une longue épée de sa ceinture. Le soldat s'approcha de lui, prêt à le transpercer. Bondissant brusquement sur ce dernier, Akan surprit ceux qui le tenaient et parvint à leur échapper. Les deux hommes roulèrent aussitôt à terre en un nuage de poussière. Le soldat tenta de se dégager pour le frapper de son épée, mais son arme n'était pas adaptée à ce genre de situation. Bien trop longue, l'homme ne parvenait pas à l'utiliser pour transpercer Akan. À l'inverse, celui-ci sortit une petite dague qu'il planta sans hésitation dans le cœur du soldat. L'homme eut un spasme d'agonie, puis rendit son dernier souffle la bave aux lèvres. Tout s'était passé extrêmement vite, et les deux autres soldats ne réagirent qu'en voyant Akan se relever au-dessus du cadavre de leur compagnon. Ils tirèrent alors à leur tour leurs épées et se jetèrent rageusement sur lui. L'espion parvint de justesse à esquiver un premier coup. Frappant avec précision l'un des hommes, il le jeta à terre, avant de se retourner face à son dernier adversaire. Soudain, il sentit son pied glisser sur un caillou. Ses jambes se dérobèrent sous lui, et Akan s'écrasa au sol. Il n'eut pas le temps de se ressaisir. Il sentit simplement une vive douleur lui percer le ventre, puis tout devint noir.

***

Lorsqu'Akan reprit conscience, il reposait couché dans un ravin. Il en déduisit rapidement que ses agresseurs devaient l'y avoir laissé pour mort. Il tenta de se relever, mais se sentait vidé de ses forces. Son sang coulait à flot sous sa tunique. Doucement mais sûrement, la vie s'échappait de son corps. Il sentait sa tête se mettre à tourner, sa vision se brouiller. Il allait mourir ici. Seul. Sans avoir accompli sa mission. Non. Il n'avait pas le droit d'abandonner. Pas maintenant. Si personne ne prévenait le roi, Astiria était perdu. Rassemblant tout ce qui lui restait de force et de volonté, Akan parvint à se relever difficilement. Il s'adossa à un arbre, et tenta de réfléchir malgré la douleur qui lui embrumait l'esprit. Le duc Corvis avait ordonné à ses hommes de patrouiller dans les environs. Il ne faisait aucun doute que dans son état, il ne parviendrait jamais à arriver jusqu'au camp sans se faire prendre. Il n'avait pas le choix. Il lui fallait partir en direction inverse, dans l'espoir de trouver quelqu'un qui pourrait l'aider. Sa décision prise, Akan se mit en route d'un pas traînant, tout en pressant sa blessure à l'aide sa main. Grièvement blessé et frémissant au moindre bruit suspect par crainte d'être découvert, Akan se dirigea tant bien que mal vers le nord.

Chapitre 17 : Fantôme

Liam et Rhaena se levèrent de bon matin. Les deux compagnons avaient jugé plus sage de passer la nuit au village pour se remettre des événements de la veille, et ce fut donc frais et reposés qu'ils se préparèrent à prendre la route. Rhaena insista pour prendre le temps de faire ses adieux aux membres du village, mais Liam préféra quant à lui s'abstenir après avoir surpris le regard noir que Thanhir posait encore sur lui. L'elfe ne lui faisait toujours pas confiance, mais semblait au moins avoir abandonné l'idée de le tuer. Dès que Rhaena eut terminé, elle rejoignit Liam, et les deux amis empruntèrent le tunnel qui permettait de sortir du village. C'était une belle journée, où le soleil brillait en diffusant une douce chaleur. La forêt commençait tout juste à se réveiller. Les premiers chants des oiseaux s'élevaient dans le ciel pendant que le vent faisait bruisser les feuilles des arbres sur lesquelles la rosée du matin perlait encore. Les deux voyageurs marchèrent ainsi pendant plusieurs heures dans la forêt, ce qui n'était pas pour leur déplaire. Loin de l'agitation récente, le calme de la nature leur paraissait reposant. Ils furent donc presque déçus en apercevant les contours d'une petite ville se dessiner à l'orée de la forêt. Liam et Rhaena étaient malgré tout affamés et se mirent donc en quête d'une auberge. Leur choix finit par s'arrêter sur un petit établissement à l'allure modeste, mais qui semblait servir des plats à l'aspect appétissant. Les deux compagnons prirent place et Liam s'apprêtait à héler l'aubergiste lorsqu'il fut coupé dans son élan par un homme à l'air peu recommandable, qui vint se tenir près de leur table avec une expression menaçante.

« On ne veut pas de cette vermine ici, fit-il en désignant Rhaena avec un regard plein de dégoût. Je te conseille de laisser ton esclave dehors si tu ne veux pas d'ennuis. »

Rhaena jeta à l'homme un regard meurtrier, mais préférant faire profil bas, parvint au dernier moment à se retenir de lui sauter à la gorge.

« Ce n'est pas une esclave, finit par répondre calmement Liam.

– Écoute, je crois que tu n'as pas bien compris. Tu as intérêt à faire ce que je te dis, sinon…

– Sinon quoi ? » le coupa Liam sur un ton glacial.

Un frisson parcourut involontairement l'échine de l'homme. Ce qu'il lisait dans les yeux de son interlocuteur était effrayant. Sans qu'il ne sache pourquoi, son instinct lui criait de prendre ses jambes à son cou. Mais il se refusait à ravaler sa fierté face au jeune homme qui lui faisait face. Il s'apprêtait donc à insister lorsqu'il fut interrompu par l'arrivée d'un autre homme, lequel s'assit à la table sans lui adresser un regard. Ne sachant comment réagir, il finit par saisir l'opportunité de s'en sortir sans perdre sa fierté, et à tourner les talons en marmonnant dans sa barbe.

Soulagée, Rhaena put enlever sa main du manche de son couteau. À la fois intriguée et méfiante, elle jeta un regard inquisiteur à l'homme grisonnant qui venait de s'assoir à leur table.

« Eh bien je ne m'attendais pas à te voir ici Liam, déclara ce dernier d'un ton amical.

– Kebras ! Ça faisait longtemps, comment est-ce que tu vas ?

– Très bien, très bien. Dis-moi, tu ne me présentes pas ton amie ?

– Si, bien sûr, excuse-moi. Je te présente Rhaena, je l'ai rencontrée à Valir et on voyage ensemble depuis. Rhaena, je te présente Kebras, c'est un ami avec qui j'ai fait un bout de chemin en me rendant à Eastania.

– Enchanté Rhaena. Valir hein… Dis-moi, ce n'est pas commun de voir une elfe se promener sans sceau d'esclavage par les temps qui courent…

– Liam m'a achetée sur un marché d'esclaves avant de me libérer, répondit prudemment la jeune fille.

– Ah, j'ai vu tout de suite que tu avais bon cœur derrière ton air impassible, rigola le vieil homme en gratifiant l'intéressé d'une solide tape dans le dos.

– Hum, grogna Liam, ce n'est rien d'exceptionnel. Au fait, tes filles ne sont pas avec toi ?

– Non, je les ai laissées à la maison. Je ne les emmène pas à chaque fois que je voyage, seulement quand je suis obligé de partir longtemps. D'ailleurs, qu'est-ce qui vous amène dans le coin ? La dernière fois que je t'ai vu, il me semble que tu cherchais à rejoindre une des académies d'Eastania.

– C'est assez compliqué, mais pour faire court, on se dirige vers le sud, il y a quelque chose que je dois faire là-bas, répondit Liam.

– Vers le sud ? Voilà qui est plutôt étonnant, les gens ont tendance à aller dans le sens inverse en ce moment.

– Pourquoi ? Il s'est passé quelque chose ?

– Vous n'êtes pas au courant ? Vous viviez dans une grotte ou quoi ? On ne parle que de ça ces derniers jours. Tout le monde dit que la guerre touche à sa fin. Le roi aurait décidé d'y mettre un terme au plus vite et se serait rendu en personne au front pour lancer un assaut décisif. S'il l'emporte, l'ennemi se retirera assurément, mais si par malheur il venait à perdre, les troupes ennemies déferleront sur les villes et les villages, pillant, violant et incendiant sans que quiconque ne puisse se mettre en travers de leur chemin.

– Je vois… voilà qui complique singulièrement nos affaires, se rembrunit Liam. Je ne pensais pas que la guerre risquait de prendre fin aussi vite… Tu sais à combien de temps nous sommes de la ligne de front ? J'ai quelque chose d'important à y faire.

– Je dirais environ trois jours de marche si ma mémoire est bonne.

– Hum, nous risquons d'arriver trop tard. Écoute, je suis désolé Kebras, mais il va falloir qu'on y aille, nous n'avons pas de temps à perdre si nous voulons avoir une chance d'y être avant le début des combats.

– Attends ! le retint le vieil homme. J'ignore ce que tu comptes faire sur un champ de bataille, mais tu as l'air d'y tenir. Je ne peux pas vous y amener mais je pourrais au moins vous en rapprocher, ça ne me ferait pas un grand détour et ça devrait vous faire gagner plusieurs heures de marche.

– Tu ferais ça ?

– Bien sûr, nous sommes amis après tout. Et je n'oublie pas que tu nous as sauvé la vie le jour où nous nous sommes rencontrés.

– J'accepte alors, ça nous sera d'une aide précieuse. »

Liam semblait faire confiance au vieil homme, aussi Rhaena ne fit-elle aucune remarque malgré la réticence naturelle qu'elle ressentait à l'idée de voyager avec un autre humain. Tout comme ce dernier, elle ignorait pourquoi Liam voulait se rendre sur la ligne de front. Et même si elle pensait avoir deviné ses intentions, cela lui importait peu au fond. Quelle que soit la folie dans laquelle le jeune homme allait se lancer, elle le suivrait jusqu'au bout. Elle avait pour principe de ne jamais revenir sur sa parole, et puis… Rhaena fut tirée de ses pensées par Liam qui se levait pour suivre Kebras jusqu'à son chariot.

« Ça va ? lui demanda-t-il avec un air inquiet. Tu avais l'air un peu… absente.

– Oui tout va bien, répondit-elle en secouant la tête. Déso-lée, je pensais à autre chose. Allons-y. »

 Liam ne l'interrogea pas davantage et se contenta simple-ment de lui adresser un petit sourire avant de rejoindre Kebras à l'extérieur. Ce dernier ne tarda pas à lancer les chevaux, et les deux compagnons reprirent donc leur route en compagnie du vieil homme.

La charrette roula à vive allure toute la journée, sans la moindre interruption. Kebras était toujours d'aussi joyeuse compagnie, passant son temps à faire la conversation à ses compagnons de voyage. Pressé par les questions du vieil homme, Liam finit par céder et lui raconta tout ce qui s'était passé depuis leur dernière rencontre, n'omettant que quelques détails qu'il préférait garder pour lui. Le jeune homme ne lui avait que peu parlé de son passé, et Rhaena écouta donc avec intérêt ses paroles. Elle avait envie d'en savoir plus sur lui, sur ce qui lui donnait la force d'avancer. Quand le mage raconta l'attaque des soldats d'Anrid dans la forêt noire, l'elfe fut frappée par la tristesse intense qui brillait dans son regard. Et enfin elle comprit. Elle comprit d'où lui venait la détermination sans faille qui l'animait. Elle comprit pourquoi il avait parlé de vouloir détruire le monde. Et elle comprit pourquoi elle avait au fond, toujours eu envie de lui faire confiance. Liam était comme elle. La vie ne lui avait offert que mort, tristesse et désillusion. Au point qu'il en était venu à rejeter le monde qui l'entourait. Rhaena sut alors avec certitude que ce n'étaient pas la haine et la colère qui poussaient Liam à agir. Non, toutes ses actions étaient motivées par l'espoir. L'espoir de créer un monde où nul n'aurait plus à subir la souffrance qu'il avait endurée. Pour la première fois, Rhaena eut réellement envie de croire en son ambition, de croire qu'il réussirait là où tant d'autres avaient échoué.

***

Alors que les derniers rayons du jour menaçaient de disparaître, Kebras finit par arrêter la charrette.

« Je ne vais pas plus loin. C'est ici que nos chemins se séparent, indiqua le vieil homme.

– C'est déjà plus que suffisant, le remercia Liam. Je te revaudrai ça.

– Ce n'est rien, grogna l'intéressé. Faites attention à vous, quoi que vous comptiez faire. Je m'en voudrais de vous avoir conduits à la mort.

– Ne t'inquiète pas, on se débrouillera. À la prochaine Kebras. »

Saluant le jeune homme d'un signe de la main, Kebras acquiesça et la charrette se remit en branle, pour n'être bientôt plus qu'un point noir à l'horizon.

291

***

Remarquant que Liam était resté figé en observant les alentours, Rhaena demanda :

« On y va ? Il ne va pas tarder à faire nuit.

– Il y a un endroit où j'aimerais aller avant, répondit doucement le mage. Tu peux rester ici si tu veux, je n'en ai pas pour longtemps.

– C'est bon, ça ne me dérange pas. Je viens avec toi.

– Comme tu veux. »

Sans un mot, Rhaena suivit le jeune homme qui paraissait totalement perdu dans ses pensées. Les deux compagnons n'eurent à marcher que quelques minutes avant de déboucher sur ce qui semblait être des ruines. Celles-ci ne semblaient toutefois pas intéresser Liam qui se dirigea d'un pas titubant vers deux tas de terre à l'orée de la forêt. Comprenant de quoi il en retournait, Rhaena garda respectueusement le silence.

***

Liam tomba à genou devant la tombe de ses parents. Les images de l'incendie lui revenaient en mémoire. Les flammes qui dévoraient la ferme. La puanteur. Le sang qui coulait sur le sol. Ses épaules se mirent à trembler. Une haine indescriptible s'emparait de lui. Il avait envie de faire payer les responsables. De les faire souffrir comme il avait lui-même souffert. Il sentait son pouvoir grandir en même temps que sa colère. Le phénix se mit à briller faiblement sur sa main. Il avait l'impression que ses veines commençaient à prendre feu, mais il ne trouvait pas ça désagréable. Au contraire, il se sentait invincible. Sa peau commençait à chauffer dangereusement quand Rhaena, inquiète, s'agenouilla à côté de lui et le prit dans ses bras.

« Eh, calme-toi, chuchota-t-elle d'une voix douce et rassurante. Tout va bien. Garde le contrôle. »

Immobile et blotti contre la jeune fille, Liam sentit sa colère s'apaiser peu à peu. Il resta ainsi de longues minutes avant de finalement briser le silence :

« Merci, murmura-t-il doucement.

– Pas de quoi.

– Et Rhaena ?

– Oui ?

– Tu sens bon, taquina-t-il avec un grand sourire.

– C'est ça, lâcha la jeune fille en secouant négligemment la tête. Bon, tu as l'air d'aller mieux, on bouge ? Il faut qu'on se dépêche de dresser un campement. »

Acquiesçant lentement d'un signe de tête, Liam se releva et s'apprêtait à repartir quand Rhaena l'interpella à nouveau :

« Au fait, si tu n'as pas pu venger tes parents, ne t'en veux pas pour ça. Je suis sûre qu'ils n'auraient pas voulu que ce soit le cas.

– Qui a dit que je n'allais pas les venger ? répondit le mage d'un ton féroce avant de tourner les talons. Ce n'est qu'une question de temps. »

Et avant de lui emboîter le pas, un petit sourire amusé se dessina sur le visage de la jeune fille.

✳✳✳

Liam et Rhaena s'empressèrent d'installer un campement rudimentaire à l'écart de la route. Les nuits en Astiria pouvaient être très froides et mieux valait donc ne pas traîner. Aussitôt que ce fut chose faite, les deux compagnons s'assirent à côté du feu, profitant de la douce chaleur qui en émanait. Songeur, Liam laissa son regard se perdre dans les flammes rougeoyantes, pendant que les souvenirs du passé laissaient place au projet du futur. Bientôt se jouerait une étape décisive de son plan et il était parfaitement conscient qu'il n'aurait pas de seconde chance. S'il commettait la moindre maladresse, les choses risquaient de complètement dégénérer et de se retourner contre lui, mettant fin à tout ce qu'il avait prévu. Pourtant Liam était assailli de doutes. Ne commettait-il pas une erreur ? Ne voyait-il pas trop grand ? Son projet n'était-il pas qu'une immense folie ? Malgré tout, Liam savait au fond de lui qu'il était déjà trop tard pour revenir en arrière. S'il s'arrêtait maintenant, il le regretterait toute sa vie. Et des regrets, il en avait bien assez à son goût. Après quelques minutes de réflexion, Liam finit par briser le silence :

« Tu es sûre de vouloir venir ?

– Il me semblait pourtant que nous nous étions mis d'accord, s'indigna la jeune fille. J'ai dit que je te suivrai, ne pense même pas à me laisser derrière.

– Je sais ce que j'ai dit mais…

– Tu veux que je parte ? Je préfère que tu sois honnête et que tu me le dises si c'est le cas.

– Non, ce n'est pas ça. Je suis content que tu sois là. Sincèrement. C'est juste que… je ne peux pas te promettre qu'on en sortira vivants. Il y a inévitablement des morts dans une guerre, et… disons que je m'en voudrais vraiment s'il t'arrivait quelque chose.

– Ne te préoccupe pas de ça. Comme tu l'as dit lorsque nous nous sommes rencontrés, c'est à moi de faire mes choix. Même dans le cas où il m'arriverait quelque chose, tu n'as pas à te sentir responsable. Si je t'accompagne, c'est parce ce que je veux le faire, pas parce que j'y suis obligée. Et puis, ce ne sera pas ma première fois sur un champ de bataille », conclut Rhaena en souriant.

Liam, curieux, voulut l'interroger sur sa dernière affirmation, mais se retint en se rappelant qu'il y avait autre chose dont il voulait lui parler. Saisissant sa ceinture, il en tira la première épée qu'il avait enchantée.

« Dans ce cas-là, j'aimerais te l'offrir, déclara-t-il en tendant l'arme à Rhaena. Tu ne peux pas rejoindre une bataille seulement armée d'un couteau. Elle est enchantée avec de la magie de foudre, tu ne devrais avoir aucun mal à l'utiliser.

– Tu es sûr de toi ? C'est une belle arme et tu avais l'air d'y tenir…

– Absolument. J'ai fini d'enchanter ma seconde épée, et je n'ai pas besoin de deux armes. Je préfère la savoir entre tes mains. »

Rhaena posa la main sur le pommeau de l'épée et eut aussitôt un mouvement de recul. L'arme débordait d'une énergie bien plus puissante que ce à quoi elle s'attendait. L'elfe avait déjà utilisé suffisamment d'artefacts pour reconnaître là une épée de premier choix.

« Je ne pensais pas qu'elle était si puissante, finit-elle par lâcher. Tu as du talent, je connais beaucoup de gens qui tueraient pour mettre la main dessus. C'est un cadeau inestimable, j'en prendrai soin.

– J'espère qu'elle te sera utile. Tu devrais l'essayer, je ne sais pas si elle t'ira. »

Acquiesçant, Rhaena se leva et frappa l'air d'un geste vif. L'épée épousait parfaitement la forme de sa main, si bien qu'on aurait dit qu'elle avait été forgée pour elle. Ni trop longue, ni trop lourde, elle était facile à manier, sans pour autant être dépourvue d'allonge.

« Elle est parfaite, observa Rhaena en se rasseyant. Elle a un nom ?

– Un nom ?

– Toutes les grandes lames ont un nom. Tu ne lui en as pas donné ?

– J'avoue que je n'y ai jamais pensé. C'est ton épée maintenant, tu n'as qu'à lui en trouver un.

– Ce sera *espoir* alors, murmura Rhaena. À toi maintenant.

– Je ne suis pas sûr que ce soit nécessaire…

– Allez, une épée n'est pas qu'un objet sans âme, il faut la nommer si tu veux qu'elle t'appartienne vraiment.

– Si tu le dis... »

Tirant la seconde épée de son fourreau, Liam réfléchit un instant en la regardant, puis finit par prendre sa décision.

« Ce sera *cendre*.

– Ce n'est pas très joyeux comme nom, constata Rhaena en fronçant les sourcils.

– Une épée n'est pas faite pour répandre la joie, mais pour semer la mort. La mienne réduira en cendres tous ceux qui se mettront sur mon chemin.

– C'est toi qui vois, remarqua l'elfe en faisant la moue, mais… »

La jeune fille s'interrompit soudain et se leva d'un bond.

« J'ai entendu quelque chose, répondit-elle à l'interrogation silencieuse de Liam.

– Où ça ?

– Pas loin. »

Comme pour étayer ses propos, un craquement étouffé brisa le calme ambiant. On aurait dit que quelqu'un ou quelque chose était en train de se traîner au sol. Un bruissement de feuille suivit, bien plus proche cette fois. Liam suivit son instinct et commença à se rapprocher du bruit. Il écarta les feuillages avec son épée et découvrit enfin l'origine du son. Un homme aux longs cheveux noirs était allongé face contre terre, vêtu d'un uniforme militaire couvert de sang. Jugeant qu'il n'y avait pas de danger, Liam retourna l'homme et ne tarda pas à repérer une plaie profonde sur son abdomen. L'individu respirait à peine mais semblait tout de même désespérément vouloir parler.

« Ne t'inquiète pas, on va te soigner », tenta de le rassurer Liam.

Loin de se calmer, l'homme insista et tenta de se redresser malgré le sang qui coulait à flot de sa blessure. Rhaena se rapprocha et lui souleva la tête avec délicatesse. Le blessé cracha du sang, puis finit par réussir à parler :

« Il faut le prévenir… s'il vous plaît, le temps presse… il nous a trahis…

— Calme-toi, murmura Liam. Qui nous a trahis ?

— Le duc Corvis… j'étais son aide de camp… lâcha l'homme dans un râle.

— Tu en as la preuve ?

– Je l'ai vu en parler avec un homme d'Anrid… la bataille de demain sera un carnage… s'il vous plaît… il faut prévenir le roi… s'il vous plaît…

– Ne t'inquiète pas, économise tes forces, nous allons te guérir.

– Attends, le retint Rhaena. Ça ne sert à rien.

– Mais si, je suis sûr que je peux…

– Il est déjà mort. »

Liam posa sa main sur le cœur de l'homme et s'aperçut que Rhaena avait raison. Il avait lâché son dernier soupir. Serrant les dents, le jeune mage lui ferma les yeux et se releva lentement.

« Il faut qu'on reparte tout de suite si on veut avoir une chance d'arriver à temps, fit-il d'une voix calme.

– Effectivement, je ne pense pas que nous ayons le choix. Si Anrid l'emporte, ce sera une catastrophe. Tu veux l'enterrer avant ?

– Pas le temps. Il mériterait une tombe décente, mais je suis sûr qu'il comprendrait. Il a dépensé ses dernières forces pour nous prévenir, il ne voudrait pas que nous perdions du temps à l'enterrer.

– C'est aussi ce que je me disais. Allons-y, il nous reste du chemin à parcourir. »

Liam acquiesça et éteignit le feu en le recouvrant de terre, avant de ramasser ses quelques biens. Les deux amis se remirent en route d'un pas vif, ne laissant derrière eux que des cendres encore chaudes et un corps sans vie.

Chapitre 18 : Guerre

Une tension palpable flottait dans l'air. Immobiles, les deux armées se faisaient face dans un calme angoissant, seulement troublé par les étendards qui battaient au vent. Le calme avant la tempête. Une horde de varhogs, des oiseaux charognards à deux têtes, volaient déjà au-dessus des plaines mortes, attendant impatiemment le début du festin. Entouré de sa garde personnelle, le roi Tyrius 1er se tenait sur un petit promontoire qui surplombait le champ de bataille. Scrutant l'armée anridienne, il étudiait sa disposition. Un mince sourire éclaira son visage : l'ennemi agissait comme il l'avait prévu. Satisfait, le roi leva la main et donna le signal d'attaque. Le son grave d'un cor brisa aussitôt le silence et l'armée d'Astiria se mit en marche, rapidement imitée par celle des anridiens. Le sol se mit à trembler sous le pas des milliers d'hommes et de chevaux qui traversaient les plaines mortes. Les armées se rapprochaient rapidement, et les soldats astiriens se mirent bientôt à courir vers leurs ennemis. Une pluie de flèches et de sorts ne tarda pas à les accueillir, clairsemant immédiatement les premières lignes. Les fantassins d'Astiria finirent malgré tout par entrer en contact avec le centre de l'armée d'Anrid, et s'écrasèrent sur la célèbre garde de fer, qui fidèle à sa réputation, ne céda pas un pouce de terrain. Le griffon d'or d'Astiria et le serpent rouge d'Anrid s'entrechoquèrent violemment, les lances frappant les armures et les épées heurtant les boucliers. Les fantassins astiriens avaient cependant perdu l'élan de leur charge et furent rapidement obligés de reculer face à la pression des soldats d'élite qui leur faisaient face. En difficulté, la peur et le doute commençaient à apparaître sur leur visage. Soudain, profitant de la diversion créée par le premier assaut, la cavalerie astirienne s'élança à son tour. Les chevaux percutèrent violemment les flancs ennemis, traversant les troupes anridiennes comme si elles n'existaient pas. L'élite de la cavalerie astirienne composée d'une centaine de griffons profita de cette percée et plongea à son tour dans la brèche. Comme une pluie mortelle qui s'abattait du ciel, les énormes animaux causaient des ravages inimaginables dans les rangs adverses. Les soldats ennemis tombaient comme des mouches devant la férocité de cette charge, incapables d'opposer la moindre résistance à leurs adversaires. Observant le déroulement parfait de son plan, le roi Tyrius jubilait. La bataille était gagnée : sa cavalerie n'avait plus qu'à repiquer sur le centre ennemi et l'armée anridienne serait écrasée. Brusquement, un affreux doute le prit à la gorge. Quelque chose n'allait pas. C'était trop simple. Sa cavalerie traversait les lignes ennemis avec trop de facilité. Non, ce n'était pas ça. Ses soldats n'écrasaient pas leurs opposants. C'étaient ces derniers qui s'écartaient pour les laisser passer. Alors son regard fut attiré par une dizaine de chariots recouverts de bâches, à moins de cent pas de la cavalerie astirienne.

« Sonnez la retraite ! ordonna-t-il précipitamment.

– La retraite Sire ? mais… commença un officier avec un air étonné.

– C'est un ordre capitaine ! Obéissez immédiatement ! »

Mais il était déjà trop tard. Les bâches tombèrent pour dévoiler au grand jour d'énormes balistes. Dans le même temps, des pieux jaillirent du sol encerclant la cavalerie et la prenant au piège. Alors, les soldats anridiens se refermèrent comme un étau sur leurs adversaires. La panique se répandit aussitôt dans les rangs des cavaliers. Privés de leur vitesse, les chevaux devenaient des cibles faciles et tombaient un à un sous les lances ennemies. Certains tentèrent de sauter par-dessus les piques, mais peu réussirent. La plupart ne faisaient que s'empaler affreusement sur les rondins taillés en pointe. Les griffons tentèrent de s'envoler pour prendre la fuite mais les balistes remplirent alors leur office, faisant jaillir des traits mortels qui frappèrent sans pitié les splendides animaux. En un rien de temps, il ne resta presque plus rien de la cavalerie d'Astiria. Les flancs à présent dépourvus de protection, le reste de l'armée fut immédiatement pris en tenaille. Les soldats astiriens se faisaient tailler en pièces, entourés de toutes parts par des ennemis. Complètement submergés, les mages ne parvenaient plus à protéger les fantassins des sorts adverses. D'un côté, un régiment entier était emporté par les flammes, de l'autre une furieuse tornade projetait les hommes en l'air, le tout sous une pluie continue de flèches. Comme on pouvait s'y attendre, ce fut bientôt la débandade. Affligé, le roi observait le carnage qui se déroulait sous ses yeux, incapable de comprendre comment une victoire facile avait pu en un éclair se transformer en une amère défaite.

« Que les mages couvrent la retraite, et que les troupes se reforment ici ! ordonna-t-il d'une voix grave. Il nous faut impérativement contenir leur assaut.

– Mais Votre Majesté, la bataille est perdue, ne vaudrait-il pas mieux se rendre ? balbutia un officier au visage déformé par la peur. Ils sont maintenant presque trois fois plus nombreux que nous, nous ne parviendrons pas à les stopper !

– Nous rendre ? Et laisser exposer au pillage toutes les villes derrière nous ? Jamais ! Nous résisterons jusqu'à la mort s'il le faut. Plutôt que de faire ce genre de commentaire inutile, allez donc aider à réorganiser les hommes ! »

Le roi reporta son attention sur le champ de bataille et observa ses troupes se replier, toujours poursuivies par l'armée ennemie. Soudain, un imposant mur magique fit son apparition et coupa le champ de bataille en deux. Suivant les ordres, Eadgar avait rassemblé les autres mages autour de lui, et tous lui prêtaient leurs pouvoirs afin de dresser une puissante protection. Incapables de la traverser, les soldats anridiens ne purent que s'arrêter devant, tandis qu'une multitude de projectiles venaient la frapper. Profitant de ce bref répit, les troupes astiriennes se reformèrent tant bien que mal. Mais entre les morts et les déserteurs, leur nombre paraissait à présent dérisoire. Les mages ennemis ne restèrent quant à eux pas inactifs, et de nombreuses attaques magiques vinrent rapidement frapper le mur. Malgré l'indiscutable puissance d'Eadgar, les mages astiriens peinaient à contenir la violence de l'attaque. Et l'inévitable finit par se produire. Le mur se fissura, puis vola en éclats, exposant à nouveau ce qui restait de l'armée d'Astiria. Enthousiastes, les Anridiens se remirent aussitôt à charger, pressés de réduire leurs ennemis en miettes. Tous avaient soif de la victoire qui leur tendait les bras. Le roi Tyrius balaya ses troupes du regard et pour la première fois, perdit totalement espoir.

« Ainsi nous sommes donc perdus », murmura-t-il en observant les soldats d'Anrid s'approcher de son armée.

Tout à coup, son attention fut attirée par une brusque agitation, venant non pas de la ligne de front, mais de l'arrière de ses forces. Intrigué, le roi se retourna et vit alors quelque chose qu'il n'aurait en aucun cas pu imaginer.

***

Liam commença à traverser l'armée d'Astiria sans que quiconque ne pense à l'arrêter. Rhaena à ses côtés, le jeune homme marchait calmement. Les soldats astiriens s'écartaient sur son passage en le fixant avec un mélange de crainte et de fascination. Il faut dire que Liam leur offrait un spectacle exceptionnel. Incapable de contenir sa magie, son corps était enveloppé de flammes chatoyantes. Le sol rougissait et se fissurait sous ses pas, une chaleur intense émanant du jeune mage. Ses prunelles avaient quant à elles pris une effrayante teinte écarlate, tandis qu'un feu mortel dansait dans ses yeux. Le phénix sur sa main brillait d'une lumière si aveuglante qu'on aurait dit qu'un petit soleil s'y était logé. Les yeux fixés devant lui, Liam ne prêtait aucun intérêt aux regards abasourdis qui l'entouraient. Il passa devant les premières lignes et finit par s'arrêter, observant l'armée anridienne qui avançait dans sa direction. Et là il le vit. Juché sur un griffon et entouré de son état-major, le roi d'Anrid se tenait au milieu de ses troupes. Liam sentit une profonde colère monter en lui. L'homme responsable de la mort de ses parents se trouvait là. Celui à l'origine de l'attaque qui avait coûté la vie à Lori et Temoe. Le roi qui, par son ambition démesurée, avait causé cette guerre inutile. Et bien que ce ne fût pas son objectif initial, Liam vit là une occasion d'obtenir enfin sa vengeance. Comme s'il voulait l'encourager, le jeune homme eut l'impression que le phénix se mettait à bouger sur sa main, à se tortiller comme s'il cherchait à s'échapper. Toute son attention concentrée sur sa cible, Liam fit appel à sa magie. Il sentit un pouvoir immense traverser ses veines, ne demandant qu'à être libéré. Tout son corps vibrait de puissance, les flammes qui l'entouraient gagnant encore en intensité. Liam leva la main, sa magie en sortant immédiatement pour se concentrer en un tourbillon au-dessus de sa tête. Soudain, un cri strident retentit, et les flammes prirent la forme d'un immense phénix de feu. Alors Liam baissa la main. Sans crier gare, le phénix plongea aussitôt vers l'armée anridienne, fendant l'air à une vitesse inimaginable. Désorganisés par la poursuite, les soldats n'étaient pas en position défensive. Surpris par cette attaque inattendue, les mages mirent du temps à réagir. Certains tentèrent de lui barrer la route, mais l'animal magique traversa leurs défenses comme si elles n'existaient pas, poursuivant sa route droit vers le roi d'Anrid. Mais les mages qui assuraient la protection du souverain étaient d'une autre trempe, et le phénix se heurta à la protection magique que ces derniers avaient eu le temps d'ériger. Bloqué, il ne parvint pas à la traverser, vaincu par l'union des mages anridiens. Pendant un instant d'incertitude, il resta en suspens contre la barrière, et alors que tous croyaient l'attaque contrée, le phénix rabattit brusquement ses ailes. Concentrant leur force sur l'animal, les mages anridiens avaient commis l'erreur de négliger leurs flancs. Les ailes du phénix passèrent sans difficulté leurs défenses. Aussitôt, le roi, ses mages, et la majorité des officiers anridiens disparurent brusquement dans un océan de flammes.

***

Vidé de ses forces, Liam vacilla dangereusement, et Rhaena dut se précipiter pour le soutenir avant qu'il ne s'écroule. Abasourdis, les soldats avaient tous le regard fixé sur l'énorme cratère qui était apparu au beau milieu de l'armée anridienne. Personne ne comprenait ce qui venait de se passer, personne ne savait comment réagir. Pendant un moment de flottement, on eut l'impression que le temps s'était arrêté au-dessus des plaines mortes. Mais la bataille n'était pas encore finie. Reprenant ses esprits, Liam tira son épée de son fourreau et la brandit au-dessus de sa tête. Une immense clameur lui répondit aussitôt, et sans se soucier des ordres de leurs officiers, l'armée astirienne chargea comme

311

un seul homme. Les deux armées s'entrechoquèrent à nouveau, mais le vent avait cette fois changé de côté. Le moral anéanti par la mort de leur roi, et leur chaîne de commandement brisée, les soldats d'Anrid reculèrent peu à peu devant la férocité des Astiriens. Combattant en première ligne, Liam frappait sans relâche tous ceux qui avaient le malheur de se retrouver face à lui. Bien que complètement vidé à la fois de sa magie et de ses forces, il pouvait néanmoins encore compter sur la puissance de son épée. *Cendre* s'en donnait à cœur joie, vibrant littéralement dans sa main pendant qu'elle brisait armes et armures avec une facilité déconcertante. Comme douée d'une vie propre, elle semblait lui transmettre de l'énergie à chaque fois qu'il était sur le point de s'écrouler. Tous ceux qui qui se trouvaient sur sa trajectoire étaient projetés en l'air, incapables de résister. Couverte de flammes, elle ressemblait à l'arme d'un dieu entre ses mains. Liam était quant à lui dans un état second. Malgré la fatigue qui l'assaillait, il ne s'était jamais senti aussi vivant, et paraissait presque possédé tant il était plongé dans la bataille. Rhaena se battait à ses côtés. L'elfe couvrait ses arrières, faisant pleuvoir la foudre autour d'elle tout en tailladant tous ceux qui passaient à sa portée. Comme à son habitude, la jeune fille se battait avec son style très particulier. Toujours en mouvement, elle se déplaçait si vite parmi les rangs ennemis qu'elle semblait intouchable. Les soldats qu'elle prenait pour cible avaient à peine le temps de la voir venir que déjà elle plongeait sur eux comme une ombre meurtrière. Les Anridiens réussirent finalement à l'encercler, mais Rhaena leva *espoir* au-dessus de sa tête, et d'un geste fluide, planta l'épée dans le sol. La foudre jaillit aussitôt du ciel et frappa l'épée avec une violence inouïe. L'arme libéra alors l'énergie reçue en une puissante onde de choc qui frappa sans distinction tous ceux qui l'entouraient, les laissant inanimés sur le sol. Liam croisa son regard pendant un instant, et un sourire joyeux se dessina sur ses lèvres. Il savait la jeune fille douée depuis qu'il l'avait affrontée, mais à présent qu'elle avait récupéré l'intégralité de ses capacités, il ne pouvait qu'être admiratif devant la facilité avec laquelle elle se débarrassait de ses ennemis. En termes de technique, Rhaena lui était sans conteste infiniment supérieure. *Une beauté mortelle*, songea-t-il avant de se reconcentrer sur la bataille. Leur moral revenu au beau fixe, les soldats astiriens se battaient à présent avec une intensité renouvelée, au contraire de leurs adversaires abasourdis. Totalement désorganisés, les Anridiens, bien que largement supérieurs en nombre, ne parvenaient pas à résister au rouleau compresseur qui leur faisait face. Aussi, quand un premier régiment prit la fuite, ce fut toute l'armée qui commença à battre en retraite. Partout, des Anridiens couraient pour leur vie, détruisant le peu d'organisation qui subsistait encore dans leurs rangs. En seulement quelques minutes, il ne resta plus que des soldats astiriens sur les plaines mortes. Une immense clameur s'éleva alors. Les soldats célébraient leur victoire.

Chapitre 19 : Naissance

Cela faisait maintenant une semaine que la guerre avec le royaume d'Anrid avait pris fin. Contrainte à la fois par la désastreuse défaite des plaines mortes et par la mort de son père, la princesse Meeryn, qui venait tout juste d'hériter du trône, n'avait pas eu d'autre choix que de demander l'armistice. La paix revenue, l'ambiance était à la liesse. De retour du front après des années de conflit, l'armée astirienne passa victorieusement les portes d'Eastania sous les acclamations de la foule. Chevauchant en queue de cortège, Liam et Rhaena faisaient partie de la procession. Nul dans l'armée n'ignorait qui avait changé le cours de la bataille, mais conformément à la tradition, le roi ne remettrait les honneurs de la bataille qu'une fois arrivé dans la salle du trône. Aussi, bien que congratulé chaudement par les soldats reconnaissants, Liam n'avait pas encore eu l'occasion de s'entretenir avec le souverain du royaume. Un officier était néanmoins venu le voir aussitôt la bataille terminée pour lui poser un grand nombre de questions, notamment sur sa présence sur le champ de bataille et sur la source de son pouvoir. Liam ne voulant pas révéler plus de choses que nécessaire sur son compte, se contenta d'y répondre de la manière la plus évasive possible. Il accepta cependant de faire le voyage jusqu'à Eastania au sein de l'armée, mais ne se mélangea pas vraiment avec les soldats. Non que ceux-ci le rejettent, mais tous le fixaient avec un mélange de respect et d'admiration auquel il ne s'était pas encore habitué. Il préférait donc rester en la seule compagnie de Rhaena, avec qui il se sentait bien plus à l'aise. Liam n'aimait pas particulièrement être le centre de l'attention, et l'elfe était l'unique personne qui, à son profond soulagement, le regardait encore comme quelqu'un de normal. Les deux compagnons se firent donc discrets pendant le voyage, et arrivèrent sans encombre à Eastania. Traversant les larges rues du joyau de la couronne, Liam jeta un regard songeur sur la foule enthousiaste. Si les rumeurs sur son intervention miraculeuse allaient déjà bon train, nul ici ne connaissait son visage et le jeune homme tenait à ce que les choses restent ainsi le plus longtemps possible. Bien que ce fût probablement peu utile, Liam imita donc Rhaena qui avait rabattu sa capuche pour éviter d'exposer ses oreilles pointues à la vue de tous, cachant ainsi également son visage.

***

Après de longues minutes de triomphe, le cortège arriva enfin aux portes du palais royal qui surplombait Eastania. Pendant que ceux qui avaient été mandés pour recevoir une récompense entraient à l'intérieur, le reste de l'armée commença doucement à se disperser. N'ayant pas reçu cet honneur, Rhaena dut patienter à l'extérieur, mais parut cependant bien moins frustrée que Liam en l'apprenant. Le jeune mage laissa donc à contrecœur l'elfe derrière lui, et pénétra dans l'enceinte du palais. La zone étant habituellement interdite d'accès, il n'avait jamais eu l'occasion de l'observer de près auparavant. Ce fut ainsi avec un émerveillement non feint qu'il admira pour la première fois la splendide architecture des lieux. Tout ici respirait la richesse et le raffinement. Derrière les majestueuses portes de cuivre qui marquaient l'accès au palais, d'énormes piliers de marbre soutenaient le bâtiment. Les murs recouverts de fresques et d'arabesques étaient travaillés avec une précision d'orfèvre, tandis que d'immenses jardins emplis de fontaines et de plantes plus belles les unes que les autres s'étendaient autour du palais. L'intérieur n'était quant à lui pas en reste. Où que l'on porte le regard, il n'y avait qu'or, pierres précieuses et fioritures. De larges lustres de cristal surplombaient les couloirs au sein desquels des courtisans vêtus des plus beaux atours vaquaient à leurs occupations. Malgré la splendeur des lieux, la salle du trône parut à Liam presque décevante. Bien que d'une taille honorable, elle gardait un style relativement sobre, mis à part les quelques ornements qui parcouraient le trône à l'extrémité de la salle. Prenant place aux côtés des nobles et des courtisans en grande majorité de haute naissance, Liam ne put s'empêcher de se sentir hors de son élément. Tendu, il laissa échapper un soupir en regrettant à nouveau l'absence de Rhaena. Le jeune mage se fit néanmoins violence et reporta son attention sur la suite des événements.

***

Assis sur son trône, le roi Tyrius 1er attendit que le silence revienne puis lança la cérémonie d'un signe de tête. Un à un, le héraut appela les nobles et les officiers qui s'étaient illustrés dans la bataille, chacun recevant terres, titres et argent comme récompenses pour leurs actes. Les choses se poursuivirent ainsi pendant de longues heures, avant que Liam n'entende enfin son nom résonner dans la salle. Rigide, le jeune homme sortit du rang et commença à s'avancer vers le trône. Des murmures curieux parcoururent aussitôt l'assemblée, tandis que le mage sentait tous les yeux se braquer sur lui. Marchant lentement, Liam se rapprocha, avant de s'agenouiller devant le roi d'Astiria. Il baissa respectueusement la tête, mais eut néanmoins le temps de surprendre le regard plein de haine que lui lança le duc Corvis, et dut se retenir pour ne pas lui répondre par un large sourire. Bien que Liam soit pleinement conscient de la trahison du noble, il n'en avait prudemment fait part à personne. En effet, pour un roturier comme lui, se permettre d'accuser un seigneur sans preuve reviendrait immanquablement à signer son arrêt de mort. Après quelques secondes dans un silence complet, le souverain finit par prendre la parole :

« Personne ici n'ignore que ton intervention a changé le cours de la bataille. On m'a rapporté que tu préférais rester discret, aussi peu importe d'où tu viens et les raisons qui t'ont poussé à agir, je ne te poserai pas de questions indiscrètes. Je tiens cependant à te récompenser justement. Demande-moi ce que tu veux, dans la limite du raisonnable bien entendu, et si c'est en mon pouvoir, je te l'accorderai.

– Je ne mérite pas tant de reconnaissance Sire, commença poliment Liam. Je n'ai fait que remplir mon devoir en protégeant mon royaume. Cependant, si Votre Majesté tient à me récompenser pour cela, il serait impoli de refuser. Pour dire vrai, il y a effectivement quelque chose que vous pourriez m'accorder.

– Eh bien, qu'est-ce donc ? Ne crains rien, parle librement.

– Mon seul vœu est de pouvoir protéger encore mon pays. Je souhaiterais donc que vous me permettiez de créer un ordre chargé de protéger paix et justice dans le royaume. »

Le roi réfléchit un instant, ignorant les murmures surpris qui s'élevaient devant l'humilité de la demande, puis reprit la parole.

« Même si diriger un ordre guerrier est habituellement l'apanage des nobles, ce sont de bien faibles ambitions que tu as là. Certains pourraient même penser que c'est davantage une punition qu'une récompense. Mais il ne sera pas dit que je gratifie mal ceux qui me servent. Je vais donc accéder à ta demande, mais j'ajoute à celle-ci le titre de propriété de la Citadelle Noire, un petit château à quelques heures au sud d'Eastania, ainsi qu'une rente annuelle de

trois cents pièces d'or pour en assurer le bon fonctionnement. Cela te convient-il jeune mage ?

– C'est plus que ce que j'espérais Votre Majesté, acquiesça
Liam. Je ne peux que vous remercier pour votre bonté.

– Parfait. Dans ce cas, je proclame en ce jour la création de
la garde du phénix, en l'honneur de l'étrange pouvoir avec
lequel tu as réduit le roi d'Anrid en cendres. Cet ordre guerrier sera indépendant, et n'aura à répondre à personne
d'autre qu'à ma propre personne. »

Marquant un temps d'arrêt, le roi balaya la salle du regard,
puis reprit d'une voix forte :

« Bien, à présent que tous ont été récompensés, il est temps
de passer aux festivités. Chacun d'entre vous est convié au
banquet qui est donné séance tenante dans la grande
salle ! »

✳✳✳

Pendant que tous se dirigeaient vers la salle où se tenait la réception, Liam prit la direction opposée. Le jeune
homme ne sentait pas à sa place parmi tous ces nobles, au

contraire, l'atmosphère lui paraissait étouffante. Il répugnait de plus à laisser Rhaena seule plus longtemps, estimant qu'il avait suffisamment abusé de sa patience. Alors qu'il allait emprunter le couloir qui menait à la sortie, une main le retint en se posant sur son épaule.

« Eh bien Liam, tu nous quittes déjà ? fit Eadgar avec un étrange sourire.

— Quelqu'un m'attend, répondit sèchement le jeune mage une fois qu'il eut reconnu son interlocuteur.

— Hum oui, j'imagine que tu parles de la jeune elfe qui t'accompagnait.

— Exactement.

— Je vois bien que tu es en colère qu'elle n'ait pas été convoquée.

— Évidemment, elle le méritait autant que moi, je ne serais jamais arrivé jusqu'ici sans elle. Et je ne suis pas aveugle, je sais pertinemment qu'elle ne l'a pas été uniquement à cause de sa race.

— À vrai dire, beaucoup de gens pensent que c'est une esclave qui t'appartient et t'attribuent donc ses faits d'armes pendant la bataille des plaines mortes. Et c'est sans doute préférable, mieux vaut pour elle rester discrète.

– Qu'est-ce que vous voulez dire ?

– Rien ne t'a interpellé dans sa façon de se battre ?

– J'ai remarqué qu'elle était douée si c'est ce que vous insinuez.

– Elle n'est pas juste douée. Crois-moi, pour atteindre ce niveau-là, il faut avoir suivi un entraînement particulièrement poussé. Et ce n'est pas tout. Son style de combat est très spécifique. J'ai vu plusieurs fois des personnes l'utiliser, et toutes avaient un point commun. J'ignore ce qu'elle t'a raconté et ce qu'elle attend de toi, mais je peux t'assurer qu'elle te cache quelque chose d'important.

– Je ne suis pas sûr de vous suivre…

– Cette elfe porte un lourd secret qui met sans aucun doute sa vie en danger. Elle n'est pas n'importe qui. J'imagine que je pourrais te révéler son identité, mais je préfère lui laisser une chance de te l'avouer elle-même. Pour ce qui est du reste, je te laisse agir comme tu le souhaites, ce ne sont pas mes affaires. Après tout, tant qu'elle reste cachée, elle ne met pas en danger le royaume. Mais malgré cela, je dois te demander de faire attention. Ne la laisse en aucun cas se servir de toi. À propos, j'imagine que tu es satisfait de la façon dont les choses se sont déroulées aujourd'hui, non ?

– Absolument, le roi a été bien plus généreux que je ne l'espérais.

– Arrête, ne joue pas à ça avec moi. Nous savons tous les deux que tu avais prévu depuis longtemps la façon dont les choses allaient se passer.

– Je ne vois pas ce qui vous fait penser ça.

– Comme tu veux. Tu as changé depuis notre dernière rencontre Liam. Et j'attends encore de voir si c'est en bien ou en mal. Je ne sais pas ce que tu manigances, mais je ne t'en empêcherai pas si c'est ce qui t'inquiète. Pas pour le moment en tout cas. Mais fais tout de même attention. D'autres moins bien intentionnés pourraient avoir la même réflexion que moi », conclut le mage royal en tournant les talons.

Réfléchissant silencieusement, Liam resta un moment immobile, puis reprit sa route d'un pas rapide. Le jeune homme ne pensait pas être découvert si rapidement : il allait devoir redoubler de prudence pour mener ses projets à bien.

Quant à Rhaena, bien qu'il ait réellement envie de lui faire confiance, il sentait au fond de lui qu'Eadgar ne lui avait pas menti. Ce fut donc l'esprit tourmenté qu'il rejoignit la jeune fille à l'extérieur du palais.

***

Adossée contre un mur, Rhaena observait Liam se diriger vers elle.

« Alors comment ça s'est passé ? demanda-t-elle une fois qu'il se fut rapproché. Tu as obtenu ce que tu voulais ? »

Le jeune homme la fixa un instant avec un étrange regard, puis finit par répondre :

« Plus ou moins. C'était… instructif. Viens, je t'expliquerai en chemin.

– En chemin ?

– On m'a offert un château pas très loin d'ici, mieux vaut passer la nuit là-bas plutôt que dans une auberge. Et puis, je suis aussi un peu curieux de savoir à quoi ça ressemble. »

Rhaena acquiesça d'un hochement de tête puis lui emboîta le pas. Bien que sentant que quelque chose le troublait, elle n'arrivait pas à mettre le doigt dessus. Encore plus renfermé sur lui-même que d'habitude, Liam semblait perdu dans ses pensées, et Rhaena dut s'y reprendre à plusieurs fois pour qu'il finisse enfin par lui raconter ce qu'il était arrivé au palais.

« Et c'est tout ? demanda-t-elle une fois qu'il eut terminé.

– C'est déjà bien, que veux-tu qu'il se soit passé de plus ?

– Je ne sais pas, j'avais juste l'impression que...

– Il n'y a rien d'autre, la coupa Liam brusquement.

– Si tu le dis. »

Rhaena sentit immédiatement qu'il lui mentait, mais comprit qu'il était inutile de se montrer plus insistante, et préféra donc ravaler les questions qui lui brûlaient les lèvres. Les deux compagnons passèrent donc les quelques heures qui les séparaient de leur objectif dans un silence pesant. Pour couronner le tout, une pluie battante se déclencha, pénétrant insidieusement leurs vêtements. La nuit n'allait pas tarder à tomber lorsque la Citadelle Noire se dressa enfin devant eux.

***

Portant bien son nom le château était entièrement construit à partir d'une étrange pierre noire. Plus grand que ce que Liam avait imaginé, il était entouré d'un épais mur d'enceinte au-dessus duquel se dressaient quatre tours de garde. Aucune lumière n'émanait de la citadelle, ce qui lui donnait un aspect plutôt sinistre. Cela ne dérangeait cependant pas Liam qui, complètement frigorifié, se dirigea d'un pas vif vers l'entrée du château. Il trouva la herse grande ouverte et poursuivit donc son chemin jusqu'aux lourdes portes de la demeure, qu'il poussa sans l'ombre d'une hésitation. Liam leva les yeux et se retrouva nez à nez avec un vieillard qui le fixait d'un air surpris.

« Je suppose que vous êtes messire Liam, fit ce dernier d'une voix fatiguée.

– Lui-même.

327

– Bien, on m'a prévenu de votre arrivée. Je me nomme Pavor et je suis le gardien de ces murs. Mais je vous en prie, entrez donc, ne restez pas dehors, ajouta-t-il en voyant Rhaena arriver à son tour. Vous devez être gelés. J'ai préparé un bon feu dans la salle commune, si vous voulez bien me suivre, vous y serez certainement plus à votre aise. »

Pavor les mena aussitôt dans une grande salle au fond de laquelle un feu brûlait joyeusement. Soulagés, les deux voyageurs enlevèrent leurs capes trempées et s'assirent près de l'âtre pour se réchauffer. Si Pavor remarqua les oreilles pointues de Rhaena, il ne fit en tout cas aucune remarque.

« Le château compte plus d'une centaine de chambres et de nombreuses autres pièces que je vous ferais bien visiter, mais vous devez être épuisés, mieux vaut que vous repreniez d'abord quelques forces. Si vous permettez que je me retire, je vais de ce pas aller préparer le souper.

– Oui, bien sûr, acquiesça Liam. Et merci pour ton accueil. »

Pavor inclina la tête, puis tourna les talons et sortit de la pièce d'un pas traînant.

« C'est un homme plutôt agréable, remarqua Rhaena en souriant.

– On peut dire ça… lâcha Liam le regard plongé dans les flammes.

– Qu'est-ce qui t'arrive ? demanda brusquement la jeune elfe.

– Comment ça ?

– Tu n'es pas toi-même depuis que tu es ressorti du palais. Dis-moi ce qui te tracasse !

– C'est toi.

– Pardon ?

– J'ai besoin de pouvoir te faire confiance. Et pour l'instant je ne peux pas.

– Je ne comprends pas, pourquoi…

– Je ne peux pas te faire confiance tant que je ne sais pas qui tu es, coupa Liam d'une voix calme.

– Je ne vois pas de quoi tu veux parler.

– Tu vois parfaitement de quoi je veux parler. Tu me prends pour un idiot ? Ton style de combat, ta façon de te déplacer, ta connaissance des armes et de la magie… tout indique que tu n'es pas juste celle que tu prétends être. S'il te plaît Rhaena, sois honnête avec moi. La confiance, ça marche dans les deux sens. »

La jeune fille resta plusieurs secondes silencieuse. Une hésitation intense se lisait sur son visage pendant qu'elle pesait le pour et le contre.

« Je suis une ombre, murmura-t-elle finalement.

– Je vois… c'est ce que je craignais, j'aurais préféré entendre une autre réponse.

– Tu vas me dénoncer ?

– Tu me connais bien mal si tu penses que j'en serais capable, répondit Liam l'air un peu blessé. Mais je veux savoir. Pourquoi est-ce que tu restes avec moi alors que ça te met en danger ? Qu'est-ce que tu espères ? Si tu penses que tu as une quelconque dette envers moi, tu l'as largement payée en me suivant dans la bataille des plaines mortes. Quoi qu'il en soit, j'ai besoin que tu me dises pourquoi tu agis comme ça. Dis-moi ce que tu veux vraiment.

– Tu n'as toujours pas compris… décidément, tu es vraiment un idiot », soupira Rhaena d'un air résigné

Fixant Liam droit dans les yeux, la jeune fille se pencha vers lui, et sans un mot de plus, posa ses lèvres sur les siennes.

« Voilà pourquoi », lâcha-t-elle en reculant d'un pas, presque craintive.

Liam, trop surpris pour réagir, resta un moment hébété. Un mélange de tristesse et d'amertume commença à se dessiner sur le visage de l'elfe devant son absence de réaction. Non qu'elle ait été très optimiste, mais elle n'avait pas pu s'empêcher de garder l'espoir improbable qu'il partage les mêmes sentiments qu'elle. De son côté, Liam avait en réalité toujours pensé qu'elle ne faisait que le tolérer, et le haïssait toujours intérieurement. Il n'avait jamais eu ni le temps ni l'idée de se demander ce qu'il ressentait réellement pour elle. Les choses lui parurent soudain claires comme de l'eau de roche. Retenant Rhaena par la taille, il la ramena vers lui, et écartant avec délicatesse les cheveux qui tombaient sur le visage de la jeune fille, lui rendit fougueusement son baiser. Un frisson lui parcourut l'échine.

Plus rien autour n'avait d'importance. Il ne sentait plus que la chaleur du corps de Rhaena contre le sien. La douceur du contact de sa peau. Le goût presque sucré de ses lèvres. Liam aurait voulu que ce moment se prolonge indéfiniment. Les deux compagnons finirent néanmoins par se séparer à contrecœur. Rhaena lui lança un regard malicieux en le regardant droit dans les yeux, puis chuchota :

« Et maintenant ? Qu'est-ce que tu as prévu pour la suite ?

– Maintenant, nous allons recruter une armée, déclara Liam comme s'il venait de dire quelque chose de tout à fait banal. Une armée qui sera crainte dans tout Lysarian. C'est aujourd'hui que naît la garde du phénix.

– Voilà un programme qui me plaît. Au moins je suis sûre de ne jamais m'ennuyer avec toi », murmura l'elfe d'un air amusé en posant sa tête sur la poitrine du jeune homme.

Rhaena blottie contre lui, un large sourire se dessina sur le visage de Liam. Et alors, pour la première fois depuis la mort de ses parents, le jeune mage se sentit enfin heureux.

Épilogue

Le roi est assis sur son trône. Soudain, il sent une présence derrière lui. Sur un geste de sa main, tous les gardes et courtisans sortent aussitôt de la salle. L'individu patiente quelques secondes supplémentaires, puis sort finalement de l'ombre qui le dissimule.

« Eh bien général, quelles sont les nouvelles ? murmure le roi d'une voix mélodieuse.

– Ils ont échoué, répond une voix rauque. Et le roi d'Anrid est mort.

– Voilà qui est… surprenant. Mais qu'importe après tout. Nous aurons d'autres occasions, ce n'est pas le temps qui nous manque.

– Il… il y a autre chose, dit le général d'une voix hésitante.

– Autre chose ? Parle, ne me fais pas attendre inutilement !

– C'est lui qui… qui a tué le roi.

– C'est impossible. Il est mort.

– Le duc est formel. Un humain est arrivé alors que la bataille touchait à son terme. Et de ses mains est sorti un phénix de feu. Nous savons tous deux qu'une seule personne est capable d'une telle chose. Si l'immortel est de retour…

– Il n'est pas revenu ! coupe le roi, perdant pour la première fois son calme. Nous sommes bien placés pour savoir qu'il n'a pas pu renaître une nouvelle fois. Je ne comprends pas… ça ne devrait pas être possible… à moins que… non, il n'aurait pas osé…

– Explique-toi enfin ! Je ne comprends rien à ce que tu racontes !

– Son corps n'a pu renaître, c'est une certitude. Mais il y a une autre possibilité. Plutôt que de disparaître, peut-être a-t-il transmis son esprit dans un autre corps. Celui d'un humain.

– C'est improbable. Si je ne l'avais pas connu aussi bien, je dirais que c'est impossible. Mais il était du genre à toujours aller jusqu'au bout des choses, à ne jamais renoncer. Toujours est-il que si son pouvoir est du côté des humains…

– S'inquiéter est superflu. Un corps humain ne peut utiliser pleinement le pouvoir de l'immortel, il en serait immédiatement réduit en cendres. Malgré tout, mieux vaut nous faire discrets et accélérer nos plans. Apporte des armes au duc et ordonne-lui de passer à l'action au plus vite.

– Tu veux donner des armes démoniaques aux humains ?

– Mieux vaut être prudents. Il est impératif que le portail s'ouvre sans difficulté. Les armes nous reviendront tôt ou tard de toute façon, elles reconnaîtront toujours leurs véritables maîtres. Va maintenant. »

Le général incline la tête et disparaît à nouveau dans l'ombre. À présent seul, le roi laisse son regard se perdre dans le vide.

« Tu ne sais décidément pas reconnaître ta défaite… murmure-t-il doucement d'une voix absente. Mais le phénix s'est éveillé pour la dernière fois… »

Et tandis que le roi s'égare dans ses pensées, un sourire démoniaque se peint doucement sur son fin visage.

Merci d'avoir suivi le début de cette aventure !

N'oubliez pas de laisser un commentaire sur Amazon, ça me soutient énormément !

Des questions, des remarques, ou juste envie de suivre mon actualité ? Rejoignez-moi sur mes réseaux sociaux ou contactez-moi par mail !

Instagram: *@arthursibony*

Facebook: *@ArthurSibony*

Mail : *arthur.sibony.auteur@gmail.com*

LA SAGA LYSARIAN CONTINUE
AVEC LE TOME 2 :

La garde du phénix

www.ingramcontent.com/pod-product-compliance
Lightning Source LLC
LaVergne TN
LVHW091657190726
843493LV00001B/40